TRM

COMPUTER-KRIMI

Daten-Piraten

G. P. JORDAN

Schneider-Buch

Inhalt

Der Flugzeugabsturz

„Wer wird gewinnen?“

„Der Beste!“

„Die Beste!“

„Wer am besten für das Amt geeignet ist!“

„Und wer ist das?“

„Wer die meisten Stimmen erhält!“

Inzwischen drehte sich jede Unterhaltung in Stanton um die bevorstehende Bürgermeister- und Stadtratswahl. Der Wahlkampf näherte sich seinem Höhepunkt. Ein Kopf-an-Kopf-Rennen war vorhergesagt worden. Viele Bürger hatten sich bereit gefunden, ihren Kandidaten beim Wahlkampf zu unterstützen.

TRM, wie die drei von ihren Freunden genannt wurden, bildeten da keine Ausnahme. Der sechzehnjährige Rick Powell arbeitete bei der Wahlkampagne des neuen Kandidaten Arthur Crandles mit, während seine jüngere Schwester Mona sich für die Wiederwahl der amtierenden Bürgermeisterin Gwen Griffin einsetzte.

Tom dagegen fühlte sich als Außenseiter. Er durfte keinen der beiden Kandidaten unterstützen, obwohl er es gern getan hätte. Das Gesetz erlaubte es nicht. Der fünfzehnjährige Computer-Experte hatte einen Teilzeitjob bei der Bendatacon, der Software-Firma seines Vaters. Die Bestimmungen untersagten es den Angestellten, sich am Wahlkampf zu beteiligen, da die Bendatacon mit der Abwicklung der ersten „elektronischen" Wahl in Stanton beauftragt worden war. Es handelte sich um die erste Wahl, bei der die Stimmabgabe ausschließlich mit Hilfe elektronischer Datenverarbeitung durchgeführt werden sollte.

„Fällt's dir eigentlich leicht, neutral zu sein?" hatte Rick Tom eines Tages gefragt.

„Was bleibt mir denn anderes übrig? Ich würde auch lieber mitmachen", hatte er verdrießlich geantwortet.

Rick und seine Schwester Mona verstanden ihn gut. Er war wirklich in einer blöden Lage. Seine besten Freunde und Nachbarn steckten ihre ganze Zeit und Energie in den Wahlkampf. Sie waren mittendrin im Geschehen, hatten ihren Spaß, lernten allerhand Neues und trafen interessante Leute. Tom mußte sich statt dessen aus allem heraushalten.

Zwischen Mona und Rick gab es, seit sie beide beim Wahlkampf mitmachten, immer größere Spannungen. Es war fast, als wollten sie sich gegenseitig beweisen, wie toll sie waren. Tom, der kurz bei ihnen vorbeischaute, bemerkte sofort die giftigen Blicke, die sie sich zuwarfen. „Was ist denn los? Streitet ihr euch schon wieder?" fragte er. „Was bin ich froh, wenn der ganze Wirbel in ein paar Tagen vorbei ist. Also wirklich – macht euch doch nicht verrückt, schließlich ist es nur eine Wahl", stellte Tom sachlich fest. Und fügte nach einer kurzen Pause hinzu: „Es kann schließlich nur einer gewinnen..."

„Zumindest bin ich auf der richtigen Seite", sagte Rick und grinste selbstzufrieden.

„Du bist dir ja ganz schön sicher. Ich würde so einem Sprechblasenfuzzi nicht mal einen Gebrauchtwagen abkaufen!" forderte Mona ihn heraus.

„Hebt euch das für den Wahlkampf auf!" Oder soll ich hier etwa Schiedsrichter spielen? „Echt, ich finde, eine kleine Verschnaufpause täte uns allen gut", fuhr er dann fort. „Also, vorerst mal keine politischen Diskussionen, o. k.?"

„Dann erzähl uns doch etwas über deine Arbeit!" forderte Mona ihn auf.

Tom lächelte ihr zu. Ihm war klar, daß jetzt eigentlich ein ausführlicher Bericht fällig war. Und sie wußte nur zu gut, daß das sein Lieblingsthema war. Er hatte Mona sehr gern. Obwohl er sie nicht unbedingt als seine „feste Freundin" bezeichnet hätte, war sie das einzige Mädchen, mit dem ihn eine enge Freundschaft verband. Sie waren beide eher schüchtern, fühlten sich in der Gegenwart des anderen aber sehr wohl. So locker, wie sie miteinander umgingen, hatte man das Gefühl, als wüßten sie insgeheim, daß sie einander nicht weglaufen würden.

„Eine Verschnaufpause?" überlegte Rick. „Keine schlechte Idee. Kommt, wir machen einen kleinen Ausflug aufs Land!" Er lief vors Haus und klappte das Verdeck seines Elektro-Sportwagens auf.

Die beiden anderen folgten ihm gemächlich. Jetzt, da das Wahlkampfgezänk vorerst einmal aufgehört hatte, fühlte Tom sich gleich wohler. Die ewigen Streitereien machten ihm wirklich zu schaffen. Er und die Powells waren zusammen aufgewachsen; sie waren für ihn fast so etwas wie Geschwister. Da Tom ein Einzelkind war, bedeutete diese Freundschaft ihm besonders viel.

Außerdem bestand zwischen ihm und den beiden noch eine andere Verbindung – alle drei waren anerkannte Experten auf dem Gebiet der Mikroelektronik und hatten sich durch verschiedene Fälle, die sie erfolgreich lösen konnten, bereits einen Namen gemacht – „TRM", wie auch die Presse das Trio nannte. Bei einem ihrer letzten Abenteuer hatten die drei Jugendlichen entdeckt, daß gefährliches Material aus einem veralteten Atomkraftwerk beiseite geschafft werden sollte. Dieser Atommüll stellte eine entsetzliche Bedrohung für die Bevölkerung dar. Indem sie sich großer Gefahr aussetzten, gelang es den drei Freunden, das Geheimnis zu lösen und eine größere Tragödie zu verhindern.

„Fahr vorsichtig, Rick."

„Mona, Vorsicht ist bei mir fest verdrahtet!"

„Komisch, daß mir das noch nicht aufgefallen ist."

„Also bitte, wenn du lieber laufen willst..."

„Jetzt hört aber auf!" fuhr Tom dazwischen.

„Ja, ja, okay, ist schon gebongt!" kam es von Mona.

Sie entschuldigten sich, aber es lag trotzdem Spannung in der Luft.

Ich bin vielleicht froh, wenn endlich nächste Woche ist, dachte sich Tom. Diese dauernden Streitereien sind ja kaum auszuhalten! Am besten wär's, sie könnten beide gewinnen...

Der Sportwagen verließ jetzt den Matrix Boulevard und bog in den Cartesian Freeway ein. Rick hatte das Verdeck aufgeklappt. Es herrschte wenig Verkehr, und die Sonne ließ die Glasfassaden der City hinter ihnen aufblitzen. Einer gemütlichen Spazierfahrt schien jetzt nichts mehr im Weg zu stehen. Mona hatte es sich auf dem Rücksitz bequem gemacht. Sie beobachtete Tom, der das CD-Universalsystem einstellte und eine neue Laserplatte auflegte. Gleich darauf erdröhnte heiße Musik. Die drei fühlten sich, wie wenn die Welt ihnen gehörte.

„Wo geht's eigentlich hin?" schrie Mona, um die Musik zu übertönen.

Tom zuckte die Achseln. Ihm war alles recht. Rick antwortete: „Laßt euch überraschen!"

„Na hoffentlich wird's eine angenehme Überraschung..."

Sie fuhren bis zum Ende der Schnellstraße und bogen in die Farmline Road ein. Nach ein paar Minuten hatten sie die Stadt endgültig hinter sich gelassen und befanden sich mitten in einer sanften Hügellandschaft. Vereinzelt tauchten Schaf- und Kuhherden auf, die dort friedlich weideten.

Bevor die mikroelektronische und hochtechnisierte Industrie in dieser Gegend vor etwa zehn Jahren aus dem Boden geschossen war, hatten die Bewohner dieses Gebietes hauptsächlich von der Landwirtschaft gelebt. Viele der Firmen, die sich jetzt hier angesiedelt hatten, brauchten für ihre Fabriken und Lagerhallen große freie Flächen, oder sie wollten einfach dem Streß der Großstädte entgehen. Seitdem die Mikroelektronik auch in den Gehöften immer mehr Fuß gefaßt hatte, war es den Farmern möglich, zusehends billiger zu produzieren.

„Wo fahren wir eigentlich hin!"

„Wart nur ab, Mona, wirst es schon sehen."

„Los, spann uns nicht länger auf die Folter! Ich bin auch schon neugierig", meinte Tom.

Rick hüllte sich in Schweigen. Schließlich kamen sie zu einer gepflasterten Auffahrt. Rick bremste und drehte die Musik leiser. Vor ihnen tauchte eine luxuriöse Villa auf, die von Birken umgeben war. Tom kannte das Gebäude. Er hatte es erst kürzlich wieder in den „Satelliten-Nachrichten" gesehen.

„Das hat uns gerade noch gefehlt", murmelte er.

Rick beachtete ihn nicht und bog in die Auffahrt ein. Vor der Villa waren zwei Lieferwagen geparkt. Sie trugen Wahlplakate: UNSER BÜRGERMEISTER – ARTHUR CRANDLES.

Mona runzelte ärgerlich die Stirn. Dieser Überraschungsbesuch war durchaus nicht nach ihrem Geschmack. Schließlich führte Crandles einen erbitterten Wahlkampf gegen Monas Kandidatin, Gwen Griffin.

„Was soll denn dieser Blödsinn, Rick? Tom hat uns doch extra gebeten, einmal abzuschalten."

Ricks Antwort bestand darin, die Autotür zuzuschlagen. Mona und Tom sahen ihm zu, wie er zum Haupteingang der Villa lief. Nachdem er sich per Videoanlage ausgewiesen hatte, trat er ins Innere.

„Warum macht er das bloß?"

„Um dich zu ärgern – ist doch wohl klar!"

„Und du? Geht dir das nicht auch auf die Nerven?"

Tom zuckte die Achseln. „Doch, schon. Aber was soll ich denn machen? Er nimmt seinen Job als Wahlhelfer eben sehr ernst."

„Aber das tu ich doch auch! Bloß daß Rick versucht, das Ganze in einen persönlichen Wettstreit umzufunktionieren."

Wieder einmal versuchte Tom, Frieden zu stiften. Ihm tat es richtig weh, zu beobachten, wie sich die Geschwister immer mehr voneinander entfernten. Wieso war Rick ausgerechnet zu der Crandles-Villa gefahren, wo er selber den Vorschlag gutgefunden hatte, daß sie sich eine Pause vom Wahlkampf gönnen sollten?

„Vielleicht versucht Rick, uns als neue Anhänger von Crandles zu gewinnen?" versuchte Tom Mona aufzumuntern.

„Da wird er wenig Glück haben!“ Sie verzog das Gesicht. „Dieser Arthur Crandles hat etwas an sich, was mir überhaupt nicht gefällt. Von seinen politischen Ansichten einmal ganz abgesehen. Taucht plötzlich hier auf und spielt den Superdurchblicker. Aber was hat er bis jetzt eigentlich gemacht?“

„Na ja, auf jeden Fall erst mal eine schicke Hütte gekauft“, erwiderte Tom grinsend. „Aber ich geb dir recht. So wie dieser Typ seinen Wahlkampf führt, könnte man meinen, er bewirbt sich um das Amt des Präsidenten. Dabei will er doch nur Bürgermeister von Stanton werden.“

Die Eingangstür ging auf, und Rick kam zurück. Er trug ein Paket Disketten.

„Was'n das?“

„Streng geheim.“

„O Mann, laß die dummen Sprüche!“

„Tut mir leid, Mona, aber du arbeitest nun einmal für die Gegenseite“, erwiderte Rick betont sachlich.

Schweigend kletterten sie ins Auto und rollten die Auffahrt hinunter. Erst als sie wieder auf der Straße waren, wandte Rick sich an seine Fahrgäste.

„Also ehrlich, ich hatte eigentlich gar nicht vor, hierher zu kommen. Aber dann ist mir eingefallen, daß die Crandles-Villa ganz in der Nähe ist...“ Er deutete auf die Disketten und fügte hinzu: „Schließlich mußte ich die ja sowieso irgendwann einmal abholen.“

Sie fuhren noch immer die Farmline Road entlang. Rick drehte die Musik lauter und trat aufs Gaspedal. Es war, wie wenn er alle Unstimmigkeiten hinter sich lassen wollte.

Während er die sanften Hügel an sich vorbeigleiten sah, überlegte Tom, wann er zum letzten Mal diese Strecke gefahren war. Er und Mona waren damals während der Sommerferien gerade in einem Computer-Camp gewesen.

Seit diesem einschneidenden Erlebnis sah das Leben völlig anders für sie aus.

Die Musik spielte weiter. Die Jungen unterhielten sich, und Mona begann sich allmählich zu entspannen. Sie legte den Kopf zurück und beobachtete, wie die Wolken am dunkelblauen Himmel immer wieder verschiedene Formen annahmen. Nach einer Weile wurde ihre Aufmerksamkeit abgelenkt.

„Sind wir hier eigentlich in der Nähe vom Flughafen?" erkundigte sie sich.

„Nein, wieso?", erwiderte Tom. „Der liegt auf der anderen Seite der Stadt."

„Hey, wir waren doch erst kürzlich dort. Warum fragst du? Willst du etwa wohin?" witzelte Rick.

„Ach, Blödsinn! Aber schaut euch mal das Flugzeug dort drüben an." Mona deutete auf einen Hügel, der sich in einiger Entfernung rechts von ihnen befand. „Dort, über den Feldern. Sieht so aus, als ob es gleich landen würde."

„Vielleicht ist da eine private Landebahn", meinte Tom. „Die Farmer hier in der Gegend setzen manchmal Flugzeuge zur Schädlingsbekämpfung ein."

„Aber das dort oben sieht mir eher wie eine kleine Privatmaschine aus."

Tom beobachtete das Flugzeug, das am Himmel kreiste. Rick fuhr weiter, ohne auf ihre Unterhaltung zu achten. Die Musik schien ihn mehr zu interessieren.

Mona versuchte zu erraten, welchen Kurs das Flugzeug einschlagen würde. Zunächst flog es tiefer und verschwand aus ihrem Blickfeld. Dann stieg es plötzlich wieder auf. Diese seltsamen Manöver jagten ihr Unbehagen ein. Eine Sekunde später verlor die Maschine schlagartig wieder an Höhe und ging in einen Spiralsturzflug über.

„Rick, Rick! Mensch, halt doch mal an!" In Monas Stimme klang Angst mit.

Rick sang lauthals vor sich hin und hörte sie nicht.

Tom hingegen, der das Ganze ebenfalls mitbekommen hatte, wurde es auf einmal ganz unheimlich. Irgend etwas stimmte nicht mit dem Flugzeug!

„He, was ist denn los!" protestierte Rick, als Tom die Musik abdrehte. Sein Freund griff zum Mikrofon, schaltete das CB-Funkgerät ein und betätigte den Sendersuchlauf.

„Welche Frequenz hat die Flugsicherung?" fragte er.

Mona gab ihm die Ziffern an, während Rick den Wagen zum Stehen brachte. Tom tippte hastig den Code ein.

„...Schubunregelmäßigkeiten... Benötigen dringend Landekoordinaten...", kam es krächzend aus dem Mikrofon.

„Die Kiste, o Mann, die schmiert ab!" murmelte Rick betroffen. Er hatte erst jetzt bemerkt, was sich am Himmel abspielte.

„Sag ich doch schon die ganze Zeit!" Monas Stimme überschlug sich fast vor Aufregung.

„...Notlandung! Gebt die Piste frei..." Der Pilot schien in panischer Angst zu sein.

Danach drang ein paar Sekunden lang nichts als Pfeifen und Rauschen aus dem Empfänger.

„...kann Sie nicht verstehen... Echo vier... Reserveschub negativ... Sam an Bord! Wiederhole... Sam an Bord... Holt uns..."

Die drei Freunde standen wie angewurzelt neben dem Auto. Hilflos hörten sie dem verzweifelten Notruf zu, während das Flugzeug immer weiter nach unten trudelte, bis es völlig aus ihrem Blickfeld verschwunden war.

Kurz darauf zuckte eine Stichflamme empor, dann stieg ein

schwarzer Rauchpilz am Himmel auf. Sekunden später hörten sie einen dumpfen Knall und spürten die Druckwelle der Explosion…

Ein rätselhaftes Rettungsmanöver

„Achtung, Notruf! Stanton Airport bitte melden!“

Krampfhaft hielt Tom Benson das Mikrofon mit beiden Händen umklammert. Die Flugsicherung antwortete sofort. Der Lotse fragte nach dem Unfallort und erklärte dem Jungen, daß gleich eine Rettungsmannschaft per Hubschrauber starten würde.

Eine weitere Stichflamme erhellte den Himmel, und mehrere dumpfe Explosionen waren zu hören.

„Hoffentlich hat der Pilot noch rechtzeitig abspringen können“, sagte Mona. „Und die anderen Leute, die an Bord waren…“

„Hat jemand von euch etwa einen Fallschirm gesehen?“

Rick erhielt keine Antwort auf seine Frage. Es machte ihn nervös, daß niemand etwas unternahm. Er rannte um den Wagen herum und setzte sich hinters Steuer.

„Los, wir fahren hin! Vielleicht hat der Pilot es doch noch geschafft und braucht Hilfe.“

Aber die drei hatten diesmal kein Glück. Sie kannten sich in dieser Gegend zu wenig aus. Zweimal landeten sie in einer Sackgasse und verloren so kostbare Zeit. Nach ihrer Schätzung waren seit den beiden Explosionen etwa sechs Minuten vergangen.

„Dort ist der Rettungshubschrauber!“ schrie Tom.

„Gott sei Dank – wie bestellt.“

Sie erblickten einen blauen Helikopter, der direkten Kurs auf die Unglücksstelle nahm. Als er zur Landung ansetzte, wirbelte er die schwarzen Rauchwolken auseinander.

„Sind wir noch weit weg?" erkundigte sich Mona.

„Hängt davon ab, ob wir wenigstens auf dieser Straße weiterkommen", antwortete Rick.

Wieder hatten sie Pech. Diesmal landeten sie vor einem Stacheldrahtzaun. Zwei Hügel und ein enges Tal trennten das Trio von der Unglücksstelle. Als Rick wendete, packte Mona ihn an der Schulter.

„Schau! Er fliegt schon wieder weg!"

Der blaue Hubschrauber stieg langsam auf. Bevor er endgültig verschwand, umkreiste er noch einmal die Unglücksstelle.

„Das war's dann wohl", murmelte Rick.

Da sie unter anderen Umständen mit weiteren Explosionen rechnen mußten, beschlossen die drei Freunde, daß es das beste wäre, nicht zu nahe an das Flugzeugwrack heranzufahren.

„Was haltet ihr davon, wenn wir umkehren?" meinte Tom.

Die anderen hatten nichts dagegen. Sie waren alle ziemlich aufgewühlt. Was als harmloser Ausflug begonnen hatte, endete damit, daß sie, wenn auch nur aus der Entfernung, Zeugen eines Unglücks geworden waren. Jetzt wollten sie nur noch schnell nach Hause.

„Was ist denn das? Noch eine Rettungsmannschaft?" murmelte Mona erstaunt.

Ein rot-weißer Hubschrauber knatterte über sie hinweg. Die Farben und Markierungen waren ihnen von ihrem kürzlichen Flughafenbesuch bekannt.

„Wahrscheinlich haben sie gleich zwei Helikopter losgeschickt", meinte Rick. „Die leisten wirklich ganze Arbeit."

Vom Rücksitz aus beobachtete Mona, wie der Hubschrauber zur Landung ansetzte. Noch immer stieg leichter Rauch auf.

„Immerhin haben wir etwas unternommen“, tröstete sie sich. „Vielleicht hat unser Funkspruch jemandem das Leben gerettet. Das wichtigste ist, daß wir es auf jeden Fall versucht haben.“

Die anderen waren derselben Meinung. Neben ihrer Begeisterung für alles, was mit Technik und Computern zu tun hatte, hatten sie noch ein gemeinsames Interesse: anderen zu helfen. Sobald Menschenleben in Gefahr waren, handelten sie, ohne zu zögern.

„Kannst du mich in der Stadtmitte rauslassen?“

„Wo?“

„Bei Daddys Büro. Ich glaube, ich schau noch mal schnell vorbei.“

Als sie zum Cartesian Freeway kamen, leuchtete eine elektronische Anschlagtafel auf. Ihr Auto hatte offenbar eine Lichtschranke betätigt. ARTHUR CRANDLES – DER BÜRGERMEISTER DER ZUKUNFT erklärte die Leuchttafel. Im nächsten Augenblick erschien eine bewegte Computergrafik, die den Bürgermeisterkandidaten darstellte. Crandle lächelte und schien ihnen zuzuwinken.

„Das Grinsen wird ihm schon noch vergehen“, spottete Mona. Tom wandte sich stirnrunzelnd zu ihr um.

Rick fuhr weiter und tat so, als hätte er ihre Bemerkung nicht gehört.

„Wie lange hast du voraussichtlich zu tun?“

„Kommt darauf an, was im Laufe des Tages so alles angefallen ist“, erwiderte Tom. „Die ganze Mannschaft schuftet seit Monaten an diesem Wählprogramm, deshalb fühlen sich ein paar unserer anderen Kunden vernachlässigt. Also hat Daddy mich gebeten, ihre Systeme durchzuchecken. Reine Routinesache."

„Aber wieso mußt du dann neutral bleiben, wenn du nicht beim Programm für die Wahl mitarbeitest?" fragte Mona erstaunt.

Tom zuckte die Achseln. „Anweisung der obersten Wahlbehörde. Niemand, der Zugang zum Zentralcomputer hat, darf sich in irgendeiner Weise am Wahlkampf beteiligen. Die Sicherheitsbestimmungen sind eben ziemlich streng."

Die Powells nickten zustimmend. In letzter Zeit geschah es recht selten, daß sie über etwas gleicher Meinung waren.

„Was hat es mit diesen anderen Kunden auf sich? Welche Systeme solltest du durchchecken?"

„Jetzt hör aber auf, Mona. Du weißt doch, so was ist vertraulich."

„Ich will ja keine Einzelheiten. Bloß so allgemein."

„Du mußt wohl immer alles ganz genau wissen!" Tom grinste. Monas Neugier war offensichtlich wieder einmal geweckt worden. „Ich brauche ja keine Namen zu nennen, aber es gibt da z. B. ein Geschäft, dessen Video-Einkaufsservice im Eimer ist."

„Wie geben die Kunden dann ihre Bestellungen auf?"

„So wie immer. Aber das Geschäft empfängt nichts außer der eingetippten Kundennummer. Sie müssen dann unter einem Vorwand zurückrufen: ‚Wir wollten nur kurz Ihre Bestellung überprüfen...'"

„Warum gehen die Leute denn nicht einfach so wie früher zum Einkaufen in den Laden?" fragte Rick. Gespräche über dieses Thema interessierten ihn nicht besonders.

„Du gehst doch auch nicht zu deiner Bank wegen etwas, das du genausogut von zu Hause aus erledigen könntest!"

Tom wußte sehr wohl, daß Rick nicht im Traum daran dachte, aber er wollte ihm vor Augen führen, wie wichtig Video-Shopping für andere Leute war. Dadurch, daß sie die verschiedenen Produkte per Kabelfernsehen vergleichen konnten, wählten sie bequem von zu Hause aus und sparten so Zeit und Geld. Außerdem kam man auf diese Weise ohne Bargeld aus. Elektronische Geldüberweisungen waren inzwischen die Regel geworden.

„Außerdem hat eben dieses Video-System das Wählen von zu Hause aus erst möglich gemacht", fuhr Tom fort. „Jetzt können die Leute nicht mehr das schlechte Wetter als Grund dafür angeben, daß sie nicht zur Wahl gehen. Jetzt wählen sie ihre Lebensmittel, Kleider, Geschenke – und in ein paar Jahren sogar ihren Präsidenten – auf Knopfdruck."

In Stanton war die Zukunft angebrochen.

„Wie steht's, läßt du mich beim Rathaus raus?" bat Mona. Sie hatte vor, beim Wahlkampfbüro der Bürgermeisterin vorbeizuschauen, wollte es aber nicht direkt sagen.

Toms Gedanken kehrten zu dem Flugzeugabsturz zurück. „Was wohl mit dem Piloten passiert ist?"

Die anderen wollten offenbar nicht mehr darüber sprechen und das Ganze vergessen.

„Vielleicht erfahren wir später etwas", sagte Tom, als er keine Antwort erhielt.

Da es noch früh am Nachmittag war, war der Verkehr nicht allzu dicht. Rick hatte die Musik wieder eingeschaltet und fuhr in Richtung Innenstadt. Es machte Spaß, die Binary Avenue, die Hauptstraße von Stanton, entlang zu kutschieren. Auf den breiten Gehsteigen schlenderten eine Menge Leute, und es gab allerhand zu sehen.

„He, schaut euch mal das Paar dort drüben an!" Rick stieß einen Pfiff aus.

Ein Mann und eine Frau in knallgelben Overalls, die aber zugleich irgendwie an Kimonos erinnerten, bummelten vorbei. Ihre Kleidung war an sich schon ziemlich auffällig, aber wodurch sie hauptsächlich Aufmerksamkeit erregten, war ein großes Litronixdisplay, das leuchtend zwischen ihnen baumelte. Es wechselte ständig die Farbe und brachte immer wieder die Worte: WAEHLT ARTHUR CRANDLES!

„Sagenhaft! Das macht uns so leicht keiner nach!" erklärte Rick mit sichtlichem Stolz.

„So? Na dann warte erst mal ab, was wir uns für Mrs. Griffin ausgedacht haben!"

„Wird ihr auch nicht großartig helfen! Gegen Crandles hat sie keine Chance."

Es fehlte nicht viel, und die beiden Geschwister wären sich schon wieder in die Haare geraten. Glücklicherweise tauchte jetzt das Rathaus vor ihnen auf. Wasserspender kühlten die ausgedehnten Rasenflächen, die das Gebäude, eine kühne Konstruktion aus Aluminium und Glas, umgaben. Das Ganze wirkte wie eine Oase inmitten dieser Neubausiedlung, die durch die Computer-Industrie praktisch über Nacht aus dem Boden geschossen war.

Rick hielt an, um Mona aussteigen zu lassen.

„Danke, Rick."

„Tschüs, Mona", sagte Tom. „Bis heute abend."

„Kommt darauf an, ob ich rechtzeitig fertig werde. Heute abend ist doch das Treffen der beiden Kandidaten."

Rick fiel ein, daß auch er bei dieser Veranstaltung dabeisein würde. Er freute sich nicht gerade auf einen weiteren Zusammenstoß mit Mona.

„Wohin jetzt? Zur Bendatacon?" fragte er Tom. Er meinte damit das Büro der „Benson Data Consultants".

Tom schüttelte den Kopf. „Nein, ich hab's mir anders

überlegt. Ich komm doch lieber mit heim und arbeite dort weiter."

Die Jungen fuhren langsam die Binary Avenue hinunter und schauten sich die Leute an, die dort entlangbummelten. Sie entdeckten ein paar Freunde, die sie von der Stanton High School her kannten. Rick hupte ihnen zu. Sie winkten zurück.

„Was hast du eigentlich heute abend vor?"

„Nichts Besonderes. Warum?"

„Du wolltest doch Mona heute noch treffen. Tut sich vielleicht etwas zwischen euch?"

„Nö – eigentlich nicht. Wenn du willst, ruf doch Cheryl an und frag sie, was sie vorhat. Vielleicht können wir zusammen weggehen."

Cheryl Winton und Rick hatten sich erst vor kurzem kennengelernt, aber seitdem viel Zeit miteinander verbracht. Cheryl ging mit Mona zusammen zur Schule, und die drei Freunde fanden, daß sie recht gut zu ihnen paßte. Diese Woche jedoch besuchte sie Verwandte, die auswärts wohnten.

„Also habe ich auch gar keine Ausrede, mich vor der Arbeit zu drücken", sagte Rick und deutete auf das Paket Disketten, das im Handschuhfach lag.

„Was ist da drauf?"

„Crandles' Siegesplan."

„Spitze! Kann ich ihn mir mal bei Gelegenheit anschauen?"

„Nee, tut mir echt leid, Tom, das geht nicht. Ich hab es versprochen."

„Hör mal, mir kannst du doch vertrauen!"

„Darum geht es doch gar nicht. Alles, was mit der Wahl zu tun hat, ist einfach tabu. O. k.?"

Tom wußte, daß Rick recht hatte – trotzdem kam er sich

wie ein Außenseiter vor.

„Ich sag's dir, ich kann's kaum erwarten, daß die Wahl endlich vorbei ist", sagte er betreten. „Jeder scheint unter Hochspannung zu stehen."

Rick antwortete nicht. Er war mit seinen Gedanken bereits bei der Debatte, die am Abend zwischen den beiden Kandidaten stattfinden sollte. Während der Heimfahrt sagte keiner der zwei ein Wort. Dafür dröhnte die Musik um so lauter.

„Ich schau nachher mal vorbei", sagte Tom, als sie vor der Garage der Powells hielten. „Könnte ja immerhin sein, daß du vielleicht doch noch irgendeinen Rat brauchst, wenn du mit deinen Disketten nicht weiterkommst."

„Klar, warum nicht; aber dazu muß ich mir erst einmal anschauen, was drauf ist", meinte Rick. „Nichts für ungut, okay?"

Als Tom Benson die paar Schritte zu sich nach Hause zurücklegte, konnte er nur den Kopf darüber schütteln, wie sehr sich die Leute die Politik zu Herzen nahmen. Er hätte überhaupt nichts dagegen gehabt, sich bis nach der Wahl irgendwo außerhalb von Stanton zu verkriechen.

Als er heimkam, blinkte über der Haustür eine winzige blaue Leuchtdiode – das Sicherheitssystem funktionierte also ordnungsgemäß. Tom klappte den Deckel der Tastatur auf und tippte das Kennwort ein, mit dem ein Fehlalarm verhindert wurde.

„Und wo steckt Mr. Chips?" murmelte er, als die Haustür hinter ihm ins Schloß fiel. Seine Mutter war offenbar nicht daheim.

Der kleine Roboter kam auf ihn zugerattert, als hätte er seine Frage gehört. Tom und sein Vater hatten ihn aus allerhand Ersatzteilen, Roboter-Bauelementen und einigen Mikrospeichern selbst gebaut. Mr. Chips gehörte sozusagen zur Familie; die Bensons hatten ihn ins Herz geschlossen wie andere Leute ihr Haustier. Der Roboter erledigte einfachere Hausarbeiten und paßte auf, daß niemand unbefugt ins Haus kam.

Er hatte den drei Freunden schon bei vielen Abenteuern geholfen. Toms Mutter sagte oft im Scherz, daß Mr. Chips allemal seine Stromrechnung wert sei.

Tom sah nach, ob Nachrichten per Telepost hereingekommen waren. Dann machte er sich schnell eine Kleinigkeit im Mikrowellenherd warm und trank ein Glas Orangensaft. Anschließend ging er in seine Werkstatt, die sich hinter der Garage befand. Er tippte seine Codenummer in das numerische Tastenfeld der elektronischen Schließanlage und trat ein.

In dem kleinen Raum standen eine Menge Geräte und Bauteile herum, die das Herz jedes Computerfans höher schlagen lassen. Hier waren etliche Neuentwicklungen entstanden, die Tom zum größten Teil noch patentieren lassen mußte.

Toms großer Stolz war ein erweiterter CREX-plus, ein Computer, den er einer Firma abgekauft hatte, die Konkurs anmelden mußte. Er hatte ihn selbst repariert, und das Gerät stand nun auf einem kleinen Arbeitstisch neben der Werkbank. Dieser Hochleistungscomputer war mit mehreren Diskettenlaufwerken, Akustik-Kopplern, einem PIRX-Matrixdrucker und zwei Bildschirmen verbunden. Die Speicherkapazität und Verarbeitungsgeschwindigkeit dieser Anlage übertrafen bei weitem die ähnlicher Modelle, obwohl sie mehr als das Zehnfache kosteten.

Tom gab die Benutzerkennung für die Bendatacon-Anlage ein. Bin ja gespannt, ob mein Alter irgendwann mal wieder Zeit für mich hat, ging es ihm durch den Kopf, während er sich mit seinem Computer über viele Meilen Glasfaserkabel beim Zentralcomputer der Firma seines Vaters anmeldete. Die LOG-ON-Bestätigung erschien – die Verbindung war hergestellt.

Als nächstes rief er die Auswahlmaske auf. Das „Menü“ erschien, eine Auflistung sämtlicher möglicher Verarbeitungsroutinen.

Er studierte es kurz und gab dann einen bestimmten Transaktions-Code ein.

Die Daten der Stanton-Geschenkboutique erschienen auf dem Bildschirm. Das war eines der Geschäfte, von deren EDV-Problemen er Mona und Rick erzählt hatte. Obwohl die Kunden den gesamten Geschenkartikelkatalog auf ihren Teletextgeräten abrufen konnten, wurden die Bestellungen nicht ordnungsgemäß vermerkt. Die Leute bei der Bendatacon sollten dieses Problem so schnell wie möglich beheben.

Tom ließ verschiedene Testprogramme laufen. Alles schien in Ordnung zu sein. Selbst bei Eingabe einer für Prüfläufe reservierten Geheimnummer funktionierte das System weiterhin tadellos. Wieso kam es trotzdem immer wieder vor, daß Bestellungen einfach verschwanden?

Tom hatte eine Idee. „Vielleicht sollte ich etwas kaufen, damit ich herausfinde, was los ist“, murmelte er.

Er rief den Video-Katalog der Boutique auf. Das Angebot umfaßte Hunderte von Geschenkartikeln. Tom beschloß, aufs Geratewohl etwas zu bestellen.

Sein Blick fiel auf „Kristall- und Glaswaren“. Er tippte die entsprechende Kennziffer ein. Sofort erschien eine Auswahl in Form von farbigen Computergrafiken.

Der Shopping-Service per Kabelfernsehen hatte nicht nur den Käufern große Erleichterungen gebracht, sondern auch die Umsätze belebt. Alle Artikel sahen auf dem Bildschirm ungewöhnlich verlockend aus. Tom entschied sich für eine

Kristallvase. Er tippte den Produkt-Code ein und gab als Lieferadresse Mona Powell, 1024 Matrix Boulevard, ein.

„VIELEN DANK FUER IHREN EINKAUF BEI DER STANTON-GESCHENKBOUTIQUE. EMPFAENGER: MONA POWELL", erschien auf dem Monitor. „BITTE GEBEN SIE JETZT IHREN BANK-CODE EIN."

Tom überlegte. Vielleicht sollte ich mal versuchen, ob hier die Schwachstelle sitzt?

Mit Hilfe einer weiteren Kennzifferndatei holte er sich einen Code für bargeldlose Zahlungen. Es war der Bank-Code der obersten Wahlbehörde im Rathaus, von der die Bendatacon beauftragt worden war, die Programmierung der Wahl zu übernehmen.

Mal sehen, was sich jetzt tut, dachte er. Unter Umständen kriege ich so heraus, wohin die ganzen Daten verschwinden.

Aus Versehen stieß er mit dem Ellbogen einen Stapel Floppy-Disks vom Tisch. Als er sich zur Seite wandte, um sie wieder zu sortieren, erschien ein Cursor-Punkt auf dem Monitor. Tom bemerkte nicht, wie er von rechts nach links sauste und sämtliche Eingabedaten löschte.

„He, Tom, bist du da?" erklang auf einmal Ricks Stimme hinter der Tür.

„Komm rein, es ist offen."

„Ich wollte nicht einfach so hereinplatzen und dich bei der Arbeit stören. Schließlich sind wir doch alle für den totalen Datenschutz, nicht wahr", spottete Rick, als er die Werkstatt betrat. Er zog sich einen Drehstuhl heran. „Bist du bereit, als offizieller Zeuge auszusagen?"

Tom wußte sofort, worauf Rick anspielte: Es konnte sich nur um den Flugzeugabsturz handeln.

„Schau dir mal die Computer-Nachrichten an“, schlug Rick vor.

Tom tippte den entsprechenden Code ein. Die Computer-Nachrichten brachten tatsächlich einen Bericht über das Unglück. Zum Schluß erschien folgende Aufforderung: „Nach dem Zwischenfall fing die Flugsicherung in Stanton einen Notruf auf. Die Polizei bittet dringend diejenigen Personen, die Zeugen des Absturzes waren, sich zu melden...“

„Erinnerst du dich an den blauen Hubschrauber?“ fragte Rick, als die Computer-Nachrichten zu anderen Berichten übergingen.

„Natürlich, der Rettungshubschrauber.“

„Stimmt nicht. Die Rettungsmannschaft saß in dem anderen Helikopter, dem rot-weiß gestreiften.“

„Woher weißt du das?“

„Sie haben es in den vorigen Nachrichten gemeldet. Dort ist ausführlicher darüber berichtet worden“, sagte Rick. Dann setzte er nachdenklich hinzu: „Und weißt du, was das Schärfste daran überhaupt ist? Es ist überhaupt nichts passiert.“

„Was? Wir haben doch das Flugzeug abstürzen sehen! Und die Flammen? Außerdem – die Stichflammen, die Explosionen, die wir gehört haben!“

Rick schüttelte den Kopf. „Schon, doch das kam nicht vom Flugzeug.“

Tom schöpft Verdacht

„... Reserveschub negativ... Sam an Bord! Wiederhole... Sam an Bord... Holt uns..."

Die Tonbandaufnahme brach unvermittelt ab.

Jedes Wort hing wie eine dunkle Wolke in dem Besprechungszimmer. Tom Benson und Rick Powell blickten einander an; sie spürten, wie die drei Männer sie erwartungsvoll ansahen.

„Stimmt genau, das haben wir auch gehört", erklärte Tom. „Danach hat der Pilot völlig die Kontrolle über das Flugzeug verloren, und es ist hinter den Hügeln verschwunden."

Die Ermittlungsbeamten der Luftfahrtbehörde nickten. Sie fragten die beiden Jungen noch darüber aus, wie weit sie ihrer Schätzung nach vom Absturzort entfernt gewesen waren und ob sich andere Flugzeuge oder Hubschrauber in der Nähe befunden hätten.

„Nur der blaue Helikopter", wiederholte Rick.

Einer der Beamten, ein untersetzter Mann namens Higgins, wollte nähere Einzelheiten wissen. „Habt ihr bemerkt, daß etwas von diesem Hubschrauber herunterhing? Möglicherweise ein Frachtnetz?"

Die Jungen schüttelten den Kopf. „Nein. Der Hubschrauber war nur ein paar Minuten am Boden. Als er wieder aufgestiegen ist, hing nichts herunter.

„Vielleicht hatte er einen Laderaum in seinem Rumpf", überlegte Tom.

Die drei Beamten berieten sich untereinander. Nach ein paar Minuten wandte Mr. Higgins sich erneut an die Jungen.

„Das ist vorerst alles. Danke für eure Unterstützung."

Als er die beiden zum Fahrstuhl brachte, stellten sie ihm ihrerseits ein paar Fragen.

„Was ist eigentlich wirklich passiert?"

„Waren tatsächlich keine Spuren eines Unglücks zu sehen, keine Toten oder Verletzten? Nichts?" erkundigte sich Rick.

„Ganz richtig. Unser Kontrollturm hat zwar den Notruf empfangen, doch bei uns lag für die Maschine weder ein Flugplan vor, noch hatte der Pilot um eine reguläre Landeerlaubnis gebeten", erklärte Mr. Higgins. „Wir haben natürlich trotzdem sofort einen Rettungshubschrauber zum Absturzort geschickt. Aber was haben wir dort vorgefunden? Ein verlassenes Flugzeug und eine brennende Scheune!"

„Wieso dann diese Explosionen?"

„Durch Propangasbehälter, die ein Farmer anscheinend in seiner Scheune gelagert hat. Wie sie allerdings in Brand geraten sind, das wissen auch wir nicht."

Der Fahrstuhl war inzwischen angekommen. Die Jungen hatten noch eine Bitte.

„Können Sie uns anrufen, sobald Sie irgendwelche Hinweise erhalten?"

Mr. Higgins nickte ihnen freundlich zu. Auch er hatte durch die Presse über die Abenteuer von TRM erfahren, wie die drei Freunde genannt wurden. „Aber gern", versprach er. „Tja, *falls* wir welche bekommen..."

Als Rick und Tom die Luftfahrtbehörde verließen, hatten sie ein neues Rätsel, über das sie sich den Kopf zerbrechen konnten. Der Flugzeugabsturz hatte sie schon vorher beschäftigt. Aber jetzt, nachdem sie ihre Zeugenaussagen gemacht und die mysteriösen Begleitumstände des Unglücks erfahren hatten, ging ihnen das Ganze nicht mehr aus dem Kopf.

„Was hast du als nächstes vor?“

„Erst mal muß ich mich um die Arbeiten kümmern, die mein Alterchen mir aufgehalst hat.“

„Soll ich dich heimfahren?“

„Nein, danke, laß mal. Von hier aus sind es nur ein paar Blocks zum Büro; da kann ich mich genausogut mal dort blicken lassen. Meinen Vater bekomme ich sowieso nur noch in der Arbeit zu sehen.“

Die beiden Jungen unterhielten sich darüber, wie sehr Mr. Benson zur Zeit unter Streß stand. Sie beschlossen, ihm nichts über den Zwischenfall mit dem Flugzeug zu erzählen. Er hatte auch so schon alle Hände voll zu tun, das Programm für die Wahl rechtzeitig fertigzustellen. Deshalb sollte er sich auch nicht den Kopf darüber zerbrechen müssen, in welches Abenteuer sein Sohn wieder verwickelt war.

Rick parkte, und sie gesellten sich zu der Menge, die die Binary Avenue entlangschlenderte. Ungefähr jeder vierte schien eine Anstecknadel mit dem Namen seines Bürgermeisterkandidaten zu tragen. Tom sah allmählich ein, daß sie praktisch nirgendwo hingehen konnten, ohne an die bevorstehende Wahl erinnert zu werden. Unweigerlich kamen auch er und Rick wieder auf dieses Thema zu sprechen.

„Wie man es auch betrachtet, jetzt ist es an der Zeit, daß ein Neuer eine Chance bekommt“, erklärte Rick, der offenbar einen Crandles-Wahlspruch aufgriff. „Gwen Griffin hat die letzten zwei Jahre ganz ordentliche Arbeit geleistet, aber jetzt muß endlich mal frischer Wind herrschen. Stanton wächst und wächst – es ist schon fast eine Großstadt. Allein von daher braucht es eine feste Hand...“

„Mach nur so weiter, Rick.“

„Was soll das heißen?“

„So bleibst du wenigstens in Übung. Wenn du schon deine

eigene Schwester nicht herumkriegen kannst, braucht's sicher allerhand, bis du mich überzeugst."

„Jetzt hör aber auf! Du weißt ganz genau, warum Mona die Bürgermeisterin unterstützt. Doch nur weil sie eine Frau ist!"

„Sehr witzig. Und warum bist du für Crandles? Etwa weil er ein Mann ist?"

„Als ob's bei diesem Wahlkampf um Chromosomen ginge!"

„Jetzt fang nicht auch noch an, dich über die politischen Ansichten der beiden Kandidaten auszulassen. Die Mühe kannst du dir wirklich sparen. Ich muß sowieso neutral bleiben."

Wenn auch zögernd, so ließ Rick doch das Thema fallen. Während er neben Tom herging, dachte er darüber nach, was es am Abend alles zu tun gab. Als Vorsitzender der Jungwähler hatte er eine wichtige Position inne.

„Wie lange arbeitest du voraussichtlich?" fragte er Tom.

„Hängt davon ab, wie ich vorankomme."

„Gehst du zum Kandidatentreffen?"

„Kann schon sein. Mal sehen, vielleicht wird's ja ganz lustig."

Die beiden Freunde kannten sich gut, sie wußten eigentlich immer, was beim anderen vorging. Politische Meinungsverschiedenheiten konnten ihrer Freundschaft nichts anhaben. Sie mochten verschiedener Ansicht sein und sich darüber streiten, trotzdem würde einiges zwischen ihnen immer gleich bleiben.

„Mensch, Tom, schau mal, das ist ja irre!" flüsterte Rick. Zwei Mädchen, etwa um die achtzehn, überquerten gerade die breite Straße. Als sie näher gekommen waren, bemerkte Tom, was Rick so beeindruckte: Sie trugen Halsketten, auf denen mit pinkfarbenen LEDs der Schriftzug „ART" blinkte. Rick konnte sich nicht länger beherrschen, packte seinen etwas verdutzten Freund am Ärmel und zog ihn mit sich.

„Also, meine Lieben, ich muß schon gratulieren, eure Wahlreklame ist ja schärfer als zwanzig Sandwichmänner!" Die Mädchen schmunzelten, und Rick fuhr fort: „Ich bin Rick Powell, Vorsitzender der Jungwähler-Initiative für Art Crandles." Er versuchte sein charmantestes Lächeln aufzulegen und bot den beiden die Hand. „Wie heißt ihr denn?"

Tom bemerkte, daß die beiden Mädchen Mühe hatten, sich das Lachen zu verbeißen.

Doch Rick ließ sich nicht bremsen: „Wißt ihr, ich kenne Art Crandles persönlich und bin mir sicher, daß er euch ganz bestimmt sehr gerne heute abend auf seiner Wahlversammlung begrüßen würde, um euren tollen Reklamegag zu bewundern..."

Die größere von den beiden unterbrach ihn. „Sag mal, glaubst du im Ernst, daß wir hier rumlaufen, um für euren Kandidaten zu werben?"

„Äh, wieso? Also, das sieht doch jedenfalls unheimlich gut aus an euch beiden, findest du nicht auch, Tom?"

„Mann, du stehst ja ganz schön auf'm Schlauch", warf nun ihre Freundin ein, „stell doch mal deine Glotzerchen scharf – na?" Sie hatte sich umgedreht, und Rick sah jetzt auf ihrem Rücken eine weitere LED-Kette blinken: „HOLO-SOUND".

Während er verdutzt auf die Leuchtschriften der beiden blickte, fuhr die andere fort: „Reklame machen wir schon, klar doch, aber nicht für euren Papiertiger, sondern für eine neue multi-media-performance in der Echtzeit-Kunstgalerie bei der Fußgängerzone. Die Show heißt Holo-Sound-Art – aber vielleicht ist das mittlerweile bis in deine Ganglien vorgedrungen, Kleiner. Und außerdem unterstützen wir, rein zufällig, Gwen Griffin!"

„Hey, hör mal, du bist tatsächlich Vortänzer bei den Crandles-Jungwählern?" schob die andere zuckersüß nach.

Rick schluckte verlegen und nickte nur noch.

Sie wandte sich zu Tom und sagte mit unüberhörbarer Ironie: „Du kannst deinem Freund sagen, daß er mir echt leid tut."

Die Blamage war vollkommen. Während Rick den Mädchen nachblickte, die kichernd weitergegangen waren, sah er noch, wie auf ihrem Rücken abwechselnd der Schriftzug „ART-HOLO-SOUND-ART..." blinkte. Ziemlich geknickt murmelte er: „Vielleicht sollte ich doch öfter einfach den Mund halten."

„Darf ich das Mona weitersagen?"

„Wenn du unbedingt willst, daß ich deine Schaltkreise kurzschließe, bitte, gern!"

Sie schlenderten zusammen noch bis zur nächsten Kreuzung, wo Rick sein Auto an einer Parkuhr abgestellt hatte. Tom überquerte die Binary Avenue. Das Bürogebäude, in dem die Bendatacon untergebracht war, befand sich auf der anderen Seite.

Die Benson Data Consultance nahm zwei Stockwerke ein und beschäftigte etwa dreißig Leute. Da ihre Computeranlage den absolut neuesten Standards entsprach, hatte sie eine beträchtliche Anzahl von Spitzenkräften für sich gewonnen und deshalb viele bedeutende Aufträge erhalten. An der derzeitigen Aufgabe, der elektronischen Wahldatenermittlung und -überwachung, wirkte die gesamte Belegschaft mit.

Das war auch der Grund, warum Tom sich um die weniger wichtigen Arbeiten kümmern sollte.

„Dein Vater ist bei einer Video-Konferenz", meinte eine der Sekretärinnen. „Ich sag ihm Bescheid, daß du hier bist."

„Danke."

Tom wurde immer sehr freundlich behandelt, zum Teil weil er der Sohn des Chefs war, aber auch aus einem anderen Grund: Er kannte sich sowohl theoretisch als auch praktisch ausgezeichnet mit Computern aus. So hatte er vor allem aufgrund seiner originellen und phantasievollen Einfälle, aber auch wegen seines erstaunlichen Spürsinns mit der Zeit die uneingeschränkte Anerkennung der Bendatacon-Mitarbeiter gewinnen können.

Drei große Blattpflanzen verdeckten teilweise die Datensichtstation, an der Tom arbeitete. Eine Tastatur, ein Monitor, Doppel-Floppy- und Festplattenstation, etliche Kabel sowie ein Bildtelefon standen auf dem niedrigen Schreibtisch. Tom zog sich einen Drehstuhl heran, schaltete den Computer ein und studierte die per Telepost eingegangene Korrespondenz.

„Eins, zwei, vier, acht, sechzehn", murmelte er beim Zählen der Anzeigen. „Sechzehn Firmen, bei denen der Heim-Shopping-Service nicht funktioniert. Woher diese hohe Fehlerrate wohl kommt? Noch dazu scheinen sich die Ausfälle jeweils zu verdoppeln."

Er schob eine Diskette in den einen Laufwerkschacht; auf dem Monitor erschienen, verteilt auf mehrere Bildschirmfenster, weitere Daten.

Wenn das so weitergeht, können in Stanton in ein paar Tagen bald sämtliche Geschäfte und Banken zumachen, überlegte er. Wieso funktionierte das System auf einmal nicht mehr?

Eine Prüfanlage bei der Stanton-Geschenkboutique ergab, daß seine Bestellung nicht registriert worden war – die Daten mußten irgendwie verlorengegangen sein.

Glücklicherweise blieben jedoch zumindest die Angaben über die Bankverbindung der Kunden erhalten. So konnte das Geschäft über den Bank-Computer die Telefonnummern ermitteln und Verbindung mit den Kunden aufnehmen. Auf diese Art wurden wenigstens die Aufträge bestätigt, aber das Ganze war natürlich sehr umständlich.

Zunächst gab er RUN CHK RTN SWEEP ein, die Abkürzung für „RUN CHECK ROUTINE SWEEP“. Mit diesem Befehl wurde eine allgemeine Prüfroutine aufgerufen.

Glasfaserkabel leiteten das Kommando an alle betroffenen Endbenutzer weiter. Zum wiederholten Mal wurden jetzt Programme und Dateien auf der Suche nach der Fehlerstelle überprüft.

Wenn ich nicht bald herausbekomme, woran es liegt... Tom wagte kaum, diesen Gedanken zu Ende zu führen.

Jemand meldete sich über das Bildtelefon.

„Ihr Vater hat gerade einen Augenblick Zeit, Tom“, verkündete die Sekretärin lächelnd. „Er würde Sie gerne sehen.“

„Persönlich oder per Video?“

„Persönlich.“

Bevor er vom Terminal aufstand, gab er über einen anderen Bildschirmausschnitt den Befehl ein, die Datenübermittlung zu kontrollieren. Dieses Kommando würde unabhängig von den vorhergehenden Anweisungen durchgeführt werden.

„Setz dich!“ Mike Benson winkte seinem Sohn zu, als dieser das Chefbüro betrat. Die Video-Konferenz ging gerade zu Ende. Unter der Kamera, die Mr. Benson aufzeichnete, war ein Video-Bildschirm, auf dem die anderen vier Beteiligten zu sehen waren, jeder in einer anderen Stadt.

Diese privat übertragenen Besprechungen halfen allerhand Zeit, Energie und Geld sparen. Durch sie waren viele Unannehmlichkeiten – lange Anreisezeiten, hohe Hotelkosten, nervenaufreibende Wartereien –, mit denen Geschäftsleute sich früher herumschlagen mußten, hinfällig geworden. Leitende Angestellte konnten sich jetzt öfter treffen und Geschäfte besser und leichter abwickeln, als wenn sie persönlich im ganzen Land herumreisen mußten.

„...und sobald dieses Problem gelöst ist, erhalten wir die Freigabe?" fragte Mike Benson zum Abschluß der Video-Konferenz.

„Ja, aber nur unter dieser Voraussetzung", sagte einer der Männer auf dem Bildschirm.

Sie wechselten noch ein paar Abschiedsworte, dann schalteten sie sich aus. Mr. Benson stand auf und zog seine Jacke aus. Er war ein großer, sehniger Mann in den Vierzigern, der trotz seiner grauen Schläfen noch recht jugendlich wirkte. Er und Tom sahen sich auffallend ähnlich, mit ihren hellblauen Augen und dem blonden Haar. Mrs. Benson behauptete, daß sie manchmal Mühe hätte, die beiden auseinanderzuhalten.

„Du siehst wirklich müde aus, Daddy."

„Kein Wunder, schließlich kostet mich dieses Wahlprogramm ganz schön Zeit und Nerven. Hast du übrigens den Mann erkannt, mit dem ich zuletzt gesprochen habe?"

Tom schüttelte den Kopf.

„Das war der Landeswahlleiter. Und weißt du, was er gesagt hat?"

Wieder schüttelte Tom den Kopf.

„Das ganze Land wird mit Spannung beobachten, wie die Wahl in Stanton funktioniert. Wir sind sozusagen die Vorläufer. Und warum? Dies ist die erste ‚elektronische' Wahl in der Geschichte unserer Nation, und wenn wir Erfolg haben, wird die kommende Präsidentschaftswahl per DFÜ von zu Hause aus entschieden werden."

Für Tom war das nichts Neues. Aber ihm fiel auf, wie besorgt sein Vater klang.

„Unser System muß absolute Sicherheit gewährleisten…“

Mr. Benson runzelte die Stirn und schwieg einen Augenblick gedankenverloren.

Wahrscheinlich ist dieses Thema gerade bei der Video-Konferenz zur Sprache gekommen, überlegte Tom.

„Bei der Wahl werden uns die Politiker im ganzen Land scharf im Auge behalten. Es kann und darf einfach nichts passieren. Die Übermittlung der Wahldaten muß geheim, vertraulich und absolut sicher sein. Wenn etwas schiefgeht, wäre das ein schwerer Schlag für unsere Demokratie. Und natürlich auch für die Bendatacon.“

Die ganzen Jahre, die Mike Benson in den Aufbau seiner Firma gesteckt hatte, standen jetzt auf dem Spiel. Seine Augen funkelten vor Entschlossenheit.

„Kann ich dir irgendwie helfen, Dad?“ fragte Tom.

„Nein, Tom. Du hilfst mir sowieso schon genug. Und, bitte, nimm’s dir nicht zu Herzen, wenn ich daheim manchmal ungeduldig oder schlecht gelaunt bin. Du weißt ja, woher das kommt. Es hat nichts mit dir zu tun. Oder mit deiner Mutter. Das verstehst du doch, oder?“ setzte er leise hinzu. „Ich muß eben irgendwie bis zum Wahltag durchhalten.“

„So geht es zur Zeit vielen Leuten“, versuchte Tom ihn zu trösten. „Rick und Mona sind auch völlig fertig mit den Nerven. Sie sprechen schon überhaupt nicht mehr miteinander.“

„Schlimmer als die Erwachsenen.“ Mr. Benson lachte.

Tom grinste. Es hatte seinem Vater offenbar gutgetan, sich ihm anzuvertrauen. Seit fast einem Monat hatten sie sich nicht mehr so ausführlich miteinander unterhalten. Mr. Benson setzte sich dermaßen unter Druck, um das Wählprogramm rechtzeitig fertig zu haben, daß Tom sich manchmal fragte, ob das Ganze der Mühe wert war.

„Ich versuche gerade herauszufinden, was mit dem Heimshopping-Service-Programm los ist", erwiderte er, als Mr. Benson sich erkundigte, womit er gerade beschäftigt sei.

„Ja, richtig", murmelte sein Vater, „die Aufträge verschwinden auf einmal, und kein Mensch weiß, wohin. Hast du schon etwas unternommen?"

„Ich laß erst mal verschiedene Datenflußprüfungen laufen."

„Falls es nicht am Programm liegt, mußt du am Ende noch jedes einzelne Kabel durchchecken, ob dort der Hund begraben liegt."

Natürlich war die letzte Bemerkung nicht allzu ernst gemeint. Mr. Benson schlug seinem Sohn aufmunternd auf die Schulter.

„Versuch nichts zu überstürzen", riet er ihm.

Als Tom an seinen Arbeitsplatz zurückkam, sah er, daß das Eingabe-Feld auf dem Bildschirm blinkte. Der Monitor besaß zwölf Felder, von denen aus parallele Prozesse gestartet werden konnten. Das Eingabe-Feld hatte im Moment Vorrang. Tom rief die wartende Information ab.

TRANSIENT DATA FLOW CHK COMPLETE meldete das Programm. Die Datenflußprüfung war beendet.

Der Junge stutzte, als er die nächste Instruktion las. READ OR DUMP – Lesen oder Speicherauszug erstellen. Wurde etwa durch ein anderes Programm der Inhalt des Zentralcomputers durchsucht?

Natürlich muß ich READ eingeben, überlegte Tom. Bei DUMP würden möglicherweise Daten verlorengehen. Tom hatte keine Ahnung, welche Datenbestände in diesem Fall davon betroffen wären. Sekundenbruchteile, nachdem er READ eingegeben hatte, erschien die Antwort auf dem Bildschirm.

„Alles da, Namen, Bank-Kennziffern und Bestellungen", murmelte er.

Der Heimshopping-Service funktionierte offenbar wieder.

Zur Kontrolle rief er die Stanton-Geschenkboutique ab.

Unter den am Nachmittag eingegangenen Bestellungen befand sich tatsächlich auch die Eintragung „MONA POWELL, KRISTALLVASE" mit Produkt-Nummer, Lieferadresse und Bank-Kennziffer. Der Systemfehler war demnach offenbar behoben.

„Aber wieso ist jetzt auf einmal alles wieder in Ordnung?"

Bevor er eine Erfolgsmeldung an seinen Vater und die Kunden weitergeben konnte, mußte er sich erst selbst darüber klarwerden, wieso die Störung plötzlich verschwunden war. Er konnte sich zwar genau daran erinnern, welche Befehle er eingegeben hatte, aber es schien überhaupt keinen Grund dafür zu geben, daß das System auf einmal wieder funktionierte.

Mit einemmal verschwanden die Angaben genauso plötzlich, wie sie gekommen waren. Sogar die Bankcodes waren diesmal gelöscht. Irgend etwas im System spielte anscheinend verrückt. Wo zum Teufel waren die Daten geblieben?

Sofort brach er das Programm ab. Wenn durch eine Störung wichtige Daten verlorengingen, war es seine Aufgabe, die Ursache festzustellen.

SEARCH ALL ENTRY CODES: Der Computer suchte unter den Millionen Kennungs-Codes die zehn am häufigsten benutzten heraus. Zwei davon waren identisch.

Tom stieß einen Pfiff aus. „Jetzt kommen wir der Sache schon näher."

Er notierte sich den betreffenden Kenn-Code, der ihm völlig unbekannt war, und schaltete sich damit wieder in das Heimshopping-System ein. Er hatte nicht die geringste Ahnung, wo das Ganze hinführen sollte. Sein Herz pochte, während er darauf wartete, daß neue Meldungen auf dem Monitor erschienen.

TREFFEN 1725 BINARY WEST PARK.

Tom starrte auf den Bildschirm. Woher war diese seltsame Meldung auf einmal gekommen? Er beschloß, diese Frage vorerst beiseitezuschieben und sich auf den Inhalt der Nachricht zu konzentrieren. Die Meldung ergab einfach keinen Sinn. In Stanton gab es keine Straße, die Binary West Park hieß, und die Hausnummern an der Binary Avenue gingen nur bis etwa 1200. Während er sich mit diesem Geheimnis herumschlug, leuchtete der Monitor des Bildtelefons auf.

„Hallo, Mona. Was ist denn bei dir los?"

„Das siehst du doch", sagte sie und lehnte sich zur Seite. Sie war offenbar im Wahlkampfbüro von Mrs. Griffin. „Auf jeden Fall wimmelte es nur so von Leuten. Hier geht es zu wie im Irrenhaus."

„Dann müßtest du dich ja richtig heimisch fühlen."

„Vielen Dank für das Kompliment. Hör mal, du Witzbold, kommst du heute abend zum Kandidatentreffen?"

Tom erschrak. „Ich hab noch so viel zu tun... Aber vielleicht schaff ich's doch. Wann fängt es eigentlich an?"

„Achtzehnfünfzehn." Sie beugte sich nach vorn und versuchte einen Blick auf seinen Arbeitsplatz zu erhaschen. „Worüber grübelst du denn gerade nach? Man sieht dir förmlich an, wie du dir den Kopf zerbrichst." Monas Antwort hatte in Tom eine neue Überlegung ausgelöst, und er antwortete: „Also gut, achtzehn Uhr fünfzehn, das heißt also schlicht und einfach um Viertel nach sechs, stimmt's?"

„Ja, sicher, achtzehnfünfzehn, wieso?"

„Gibt es an der Binary Avenue einen West Park?"

„Ganz bestimmt nicht. Sag mal, warum fragst du? Willst du

etwa ein Picknick veranstalten?"

„Mona, laß den Blödsinn. Mir ist es wirklich Ernst."

Das Mädchen dachte einen Augenblick nach. „Wart mal, auf dem großen freien Platz vor dem Rathaus gibt es ein Schild, auf dem steht: Parkfläche West, Parkfläche Ost. Vielleicht ist das damit gemeint."

Natürlich, der große Parkplatz an der Binary Avenue! Aber was bedeutete 1725? Auf einmal ging Tom ein Licht auf: siebzehnfünfundzwanzig – natürlich, das war weder eine Haus- noch eine Parkplatznummer!

„Vielen Dank, Mona. Vielleicht sehen wir uns heute noch."

„Gut. Um achtzehnfünfzehn geht's los."

Sie winkten sich noch zu, während sich das Bildtelefon ausschaltete. Tom studierte noch einmal die seltsame Meldung auf dem Monitor, dann drückte er den PRINT-Knopf, um sie auf Papier auszudrucken.

Tom wartete erst seit ein paar Minuten, aber das genügte, um ihn nervös zu machen. Es war wirklich kein Spaß, auf einem öffentlichen Parkplatz herumzustehen. Er hatte schon alle Hände voll zu tun, sich nicht überfahren zu lassen, und da sollte er daneben noch die Augen offenhalten...

Auf seiner Armbanduhr war es kurz vor halb sechs. Er beschloß, in der Nähe der Einfahrt zu bleiben, unter dem Schild „Parkfläche West". Da es kurz nach Feierabend war, leerte sich der Parkplatz zusehends. Auf einmal bemerkte Tom eine weiße Limousine, die in einiger Entfernung von ihm hielt. Ein silberhaariger Mann kletterte heraus. Seine dunkle Sonnenbrille stach scharf von der hellen Haut ab.

Zwei andere Männer kletterten aus einem Fahrzeug, das ganz in Toms Nähe stand. Er hatte schon früher bemerkt, daß sie etliche Gepäckstücke aus dem Kofferraum ins Innere des

Wagens umgeladen hatten. Der Silberhaarige, den Tom auf etwa sechzig schätzte, ging genau an ihm vorbei.

Er trat auf die beiden Männer zu und schüttelte ihnen die Hand. Einer der beiden hob einen schwarzen Behälter vom Vordersitz. Der Silberhaarige schmunzelte und sagte etwas, worauf die anderen schallend lachten.

In der Zwischenzeit war die weiße Limousine einmal im Kreis herumgefahren und wartete jetzt vor der Ausfahrt. Der Silberhaarige hob die schwarzen Behälter auf und ging zu seinem Fahrzeug. Währenddessen kletterten die beiden anderen Männer in ihr Auto und fuhren davon.

Tom Benson wußte, daß er so leicht keinen Schlaf finden würde, bis er herausgefunden hatte, wer der Mann mit der weißen Limousine war.

Worüber der Junge sich am meisten den Kopf zerbrach, war der Inhalt des schwarzen Kastens. Er mußte unbedingt herausfinden, wohin die Limousine fuhr!

Er stürzte auf die Binary Avenue. Gott sei Dank kam gerade in diesem Augenblick ein Taxi vorbei.

Er riß die Tür auf. „Folgen Sie dem weißen Wagen dort! Schnell!"

In diesem Augenblick spürte er, wie ihn eine Hand am Arm packte.

Der geheimnisvolle Unbekannte

„Hab' ich dich endlich!"

Er wirbelte herum. „Mona! Was zum Teufel hast du hier zu suchen?"

Das Quietschen von Autoreifen unterbrach seine Frage.

Die weiße Limousine schoß aus dem Parkplatz heraus und verschwand im Stoßverkehr. Tom stampfte vor Wut auf.

„Die ist wohl weg...“, murmelte Mona.

„Sieht ganz so aus“, stieß Tom zwischen den Zähnen hervor.

Obwohl es Mona leid tat, daß sie sich eingemischt hatte, wollte sie es nicht zugeben. Vielleicht habe ich ja Tom sogar daran gehindert, sich auf etwas einzulassen, das ihn in Gefahr gebracht hätte, versuchte sie sich einzureden.

„Wie bist du überhaupt hierhergekommen?“

„Als wir vorhin am Bildtelefon miteinander gesprochen haben, ist mir gleich aufgefallen, daß du irgend etwas ausbrütest. Und dann diese komische Frage... Außerdem habe ich entziffern können, was auf dem Bildschirm steht, und beschlossen, mich dir anzuschließen.“

„Zumindest bist du nicht ‚zufällig vorbeigekommen‘.“

„Na ja, wie man’s nimmt. Immerhin geht das Kandidatentreffen im Rathaus in einer Stunde an.“

Tom mußte unwillkürlich lächeln. Mona war also wieder einmal bei ihrem Lieblingsthema angelangt: Der Wahlkampf schien sie jede wache Sekunde zu beschäftigen.

„Schau, da wir nun einmal die Freiheit haben, unsere Regierung zu wählen, ist es auch unsere Pflicht, mitzumachen“, redete sie auf Tom ein. „Denk doch an die Länder, wo die Leute ins Gefängnis gesperrt werden, weil sie freie Wahlen wollen. Wir dürfen einfach die Demokratie nicht als etwas Selbstverständliches nehmen.“

Tom konnte und wollte das nicht abstreiten. Aber obwohl er einer Meinung mit Mona war, legte er keinen Wert darauf, dieses Thema weiter zu verfolgen. Er hatte sowohl Monas als auch Ricks Argumente schon zu oft zu hören bekommen.

„Ist die Stanton-Geschenkboutique zufällig in der Nähe?" erkundigte er sich.

„Wieso? Willst du mir etwas kaufen?" fragte Mona wie aus der Pistole geschossen.

„Öh, nicht unbedingt."

Das Geschäft war nur zwei Blocks vom Rathaus entfernt. Während sie gemütlich dorthin schlenderten, unterhielten sie sich darüber, wohin sie in Urlaub fahren wollten.

„Auf jeden Fall möchte ich nicht schon wieder einen Computer-Workshop mitmachen", erklärte Mona entschlossen. „Wenigstens nicht dieses Jahr. Mami hätte Lust, auf irgendeine tropische Insel zu fliegen. Palmen, breite Sandstrände, Korallen..."

„Klingt ja fast wie Werbung von einem Reisebüro", meinte Tom.

„Vielleicht möchtest du ja mitkommen."

Ihr Vorschlag war keinesfalls weit hergeholt. Tom hatte durchaus soviel Geld zur Verfügung, daß er sich auch einen teuren Urlaub leisten konnte. Er hatte zusammen mit seinem Vater ein Laser-Disc-Spiel entwickelt, das allerhand eingebracht hatte; seit fast einem Jahr war STARBRYTE ein absoluter Verkaufsschlager. Toms Eltern hatten ihm geholfen, seinen Anteil am Umsatz gewinnbringend anzulegen. Er verwendete nur einen kleinen Teil seines Geldes für laufende Ausgaben, z. B. um Geräte für sein Labor anzuschaffen, Freunde zum Essen einzuladen und seinen Urlaub zu finanzieren. „Ich habe zwar mehr als genug Geld, um mir das tollste Auto zu kaufen, aber leider bin ich noch zu jung, um den Führerschein zu machen", hatte er einmal einem Fernsehreporter erzählt.

Die Geschenkboutique befand sich in einer schmalen Seitenstraße der Binary Avenue. Touristen kamen hierher, um nach Souvenirs zu jagen, aber die Leute, die in Stanton wohnten, kauften lieber per Video-Katalog ein.

Mona ging hinein, während Tom erst noch vor dem Schaufenster stehenblieb. Er betrachtete die ausgestellten Waren, die von Video-Kameras aufgenommen wurden. Genau das gleiche Bild präsentierte sich als erstes den Kunden, wenn sie sich per Heimshopping-Service einschalteten.

Während Mona sich ein bißchen umsah, ging Tom nach hinten zum Büro des Geschäftsführers. Als er einen Blick durch die offene Tür warf, erspähte er einen älteren Mann, der sich über sein Terminal lehnte.

„Jetzt wird's aber wirklich Zeit, daß etwas geschieht!" erklärte der Mann entschieden, als Tom sich ihm vorgestellt hatte. „Die Hälfte der Bestellungen geht verloren, und die andere Hälfte kann nicht richtig ausgeliefert werden. So ein wüstes Durcheinander habe ich noch nie erlebt!"

Tom versuchte ihn zu beruhigen, indem er ihm erklärte, daß das Problem bereits behoben sei.

„Aber ich kriege laufend falsche Kennziffern oder Adressen", fuhr der Mann verärgert fort. „Nichts paßt mehr zusammen. Manche der Daten haben überhaupt nichts mit meinem Geschäft zu tun."

„Können Sie mir zeigen, was Sie damit meinen?"

Der Geschäftsführer nahm ein Bündel Computer-Ausdrucke vom Schreibtisch und deutete auf eine Reihe Zahlen, die unter den Kundennamen und -bestellungen aufgeführt waren.

„Ich habe keine Ahnung, woher dieser Blödsinn auf einmal kommt!" Der Mann wurde immer wütender. „Es ist ja fast, wie wenn jemand bei uns eingebrochen wäre, um sich die Namen und Bank-Codes unserer Kunden zu notieren und sich dann das Geld unter den Nagel zu reißen."

Mona, die durch das laute Reden aufmerksam geworden war, ging ebenfalls ins Büro.

„Wollen Sie damit sagen, daß jemand das Geld für die Bestellungen an sich bringt?“ fragte Tom ungläubig.

„Jawohl! Einfach indem er sich die Bank-Codes der Kunden verschafft.“

„Warum haben Sie uns das nicht früher wissen lassen?“

„Aber das hab' ich doch!“ erwidert der Mann gereizt. „Heute bereits zweimal.“

Tom schüttelte ungläubig den Kopf. Erst als der andere einen Ausdruck aus dem Printer riß, gingen ihm auf einmal die Augen auf. Datendiebe hatten das Heimshopping-System angezapft!

„Haben Sie etwa meine Nachricht nicht bekommen? Ich habe sie per Telepost direkt an Ihre Firma geschickt.“

Nein, Tom hatte die Mitteilung nicht erhalten. Sie konnte auch nicht bei der Bendatacon eingegangen sein, sonst wäre er sofort benachrichtigt worden. Außerdem hätte sein Vater dann sofort persönlich die Angelegenheit in die Hand genommen. Folglich mußte die Meldung abgefangen worden sein.

„Ich habe Jahre gebraucht, um dieses Geschäft aufzubauen“, fuhr der Mann fort, „und jetzt wird meine Firma einfach kaputtgemacht, durch Leute, die ich nicht einmal zu Gesicht bekomme.“

Eine bittere Wahrheit trat jetzt ans Tageslicht: Der Heimshopping-Service, der vielen Geschäften zu erheblich gesteigerten Umsätzen verholfen hatte, funktionierte nicht mehr. Während Toms Gesprächspartner weitere Beispiele anführte, ertönte ein Klingelsignal über dem Computer, das den Eingang einer Meldung anzeigte.

„Schauen Sie doch jetzt einfach mal, was passiert“, schlug

der Mann Tom und Mona vor.

Sie beobachteten, wie der Name des Kunden, der gewünschte Artikel, die Adresse und die Bankkennziffer auf dem Bildschirm erschienen.

„Lassen Sie das ausdrucken!“ verlangte Tom.

Der Mann betätigte den PRINT-Knopf.

Plötzlich purzelte eine Zifferreihe auf den Monitor, direkt unter die Zeile mit den persönlichen Daten des Kunden.

„Schnell, das müssen wir auch festhalten!“

Aber es war schon zu spät. Bevor einer von ihnen den Printer in Gang setzen konnte, wurde der Bildschirm bereits dunkel. Jeder Hinweis auf die Bestellung war verschwunden.

„Wir sind gerade Zeugen eines Verbrechens geworden“, sagte Tom zu den anderen. „Keine Waffen, keine Drohungen, kein Fluchtauto – ein sauberer Job.“

„Sollen wir die Polizei verständigen?“

„Geben Sie uns noch einen Tag Zeit“, bat Tom den Geschäftsführer. „Am besten schalten Sie in der Zwischenzeit den Heimservice ab. Auf die Art verlieren Sie zwar ein paar Aufträge, aber zumindest nicht das ganze Geschäft.“

Der Mann erklärte sich einverstanden. Er begleitete die beiden jungen Leute nach draußen. Die Unterhaltung drehte sich noch immer um die geheimnisvollen Vorkommnisse. Zum Abschied machte der Geschäftsführer eine Bemerkung, die Tom und Mona etwas ins Bewußtsein rief, woran sie zuvor überhaupt nicht gedacht hatten.

„Sie haben ja mitbekommen, wie leicht es war, unser System anzuzapfen. Wie steht's eigentlich mit der Bürgermeisterwahl? Die soll doch diesmal ausschließlich per Computer durchgeführt werden. Ich frag mich bloß, ob das da genauso leicht geht...“

Tom wußte, daß das der Fall war, aber er hielt wohlweislich seinen Mund. Die Technologie, die dazu benötigt wurde, war auf dem schwarzen Markt erhältlich. Aber warum sollte sich jemand solche Mühe machen? Schließlich handelte es sich nur um die Bürgermeisterwahl einer relativ kleinen, unbedeutenden Stadt…

Mona beantwortete seine Frage, als sie sich später einen Augenblick neben den Springbrunnen vor dem Rathaus setzten, um darüber zu diskutieren, was sie gerade erlebt hatten.

„Immerhin soll zum erstenmal in unserem Land elektronisch gewählt werden. Und wenn es jemand gelingt, hier bei uns den Wahl-Code zu knacken, bedeutet das, daß man auch die Bundeswahl kontrollieren kann."

Diese Erkenntnis jagte beiden einen Schauder ein. Die friedliche Umgebung verstärkte noch ihr Unbehagen. Während das Licht der Abendsonne sich in den Fenstern spiegelte, hingen die beiden ihren düsteren Gedanken nach. Sogar die Flagge vor dem Rathaus hing schlaff herunter; kein Windhauch regte sich. War die Demokratie, die sie bisher für selbstverständlich gehalten hatten, durch einen geheimnisvollen Unbekannten in Gefahr?

„Gleich fängt das Kandidatentreffen an", seufzte Mona. „Ich frage mich nur, welchen Sinn das Ganze jetzt noch hat."

„Wir brauchen ja nicht gleich das Schlimmste zu befürchten." Mona versuchte ein optimistisches Lächeln zustande zu bringen.

Rick Powell hatte während der letzten zwei Stunden unaufhörlich gelächelt. Außerdem hatte er mindestens zweihundert Hände geschüttelt. Er begann sich bereits wie ein richtiger Politiker zu fühlen.

„He! Schön, daß ihr auch da seid! Hier, nehmt ein Blinki!" Er drückte den Wahlhelfern eine blinkende Anstecknadel in die Hand. „Sobald Crandles auf der Bildfläche erscheint, müßt ihr euer Spruchband höher halten!"

Ricks Amt als Vorsitzender der Jungwähler brachte die verschiedensten Aufgaben mit sich. Sein Hauptanliegen war, die Jugendlichen für Crandles' Politik zu begeistern, der sich in seinem Wahlkampf vor allem an die jungen Wähler wandte – kein Wunder, schließlich war die Mehrheit der Bewohner von Stanton unter fünfundzwanzig.

An diesem Abend war Rick damit beschäftigt, eine Beifallskundgebung für Arthur Crandles zu organisieren.

„Wenn er aufkreuzt, müßt ihr eine Menge Lärm machen", erklärte er einer Gruppe von Freiwilligen, die in der Nähe des Podiums standen. „Lauter Applaus, Beifallsrufe, Pfeifen. Strengt euch an, damit die Fernsehkameras was zum Aufzeichnen haben."

„Was machen wir, wenn Mrs. Griffin ihre Rede hält?"

„Zerbrecht euch darüber nicht die Köpfe", erwiderte Rick. „Schließlich haben wir die besten Plätze. Und den besseren Kandidaten!"

Im Saal saßen tatsächlich überwiegend Crandles-Anhänger. Neonschriftzeichen beherrschten die Szene – eine wahrhaft elektrisierende Atmosphäre.

Mrs. Griffins Anhängerschaft dagegen war weniger gut organisiert. Viele von ihnen waren älter und etwas gemäßigter in ihren Beifallsäußerungen. Die Bürgermeisterin baute ihren Wahlkampf in erster Linie darauf auf, daß ihre bisherigen Erfolge ihr zur Wiederwahl verhelfen würden. Sie hielt nicht viel von flotten Sprüchen, Neon-Abzeichen und ähnlichen Späßen – ihrer Ansicht nach paßte das recht wenig zu einem seriösen Politiker bzw. einer Politikerin.

Als Mrs. Griffin erschien, erhielt sie höflichen Applaus. Die Reaktion auf Crandles' Auftritt bewies hingegen, daß die sorgfältige Planung sich gelohnt hatte. Ein unvorbereiteter Besucher hätte wahrscheinlich vermutet, daß der Präsident persönlich gekommen war.

„Psst!" Rick mußte einige seiner Helfer zur Ruhe mahnen, als die Moderatorin ein paar einleitende Bemerkungen machte.

Gleich darauf verließ er seinen Platz vor der Tribüne, um weiter hinten nach dem Rechten zu sehen. Auf seinem Weg durch den Saal stieß er auf zwei bekannte Gestalten, die an der rückwärtigen Wand lehnten. Er arbeitete sich bis zu ihnen vor, und bevor sie wußten, wie ihnen geschah, hatte er ihnen bereits eines der winzigen CRANDLES-Blinkabzeichen angeheftet.

„Das kannst du dir selber sonstwohin stecken!" sagte Mona ärgerlich und riß es sich herunter.

„Du spielst hier wohl Zaungast?" wandte Rick sich an Tom.

„Genau. Und mir macht es sogar Spaß!"

Die drei Freunde standen beisammen, als die Reden begannen. Mrs. Griffin war zuerst dran. Sie wies darauf hin, welche Entwicklung Stanton während ihrer Amtsperiode genommen hatte und stellte ihre zukünftigen Pläne vor: eine neue Wohnsiedlung, Steuererleichterungen, mehr Kindertagesstätten, bessere Versorgung für die älteren Mitbürger.

„Unser Anliegen war und ist es, das Leben in Stanton lebenswert zu gestalten, und wir können es *noch* besser machen – mit Ihrer Unterstützung!"

Gwen Griffin war zwar keine brillante Rednerin, aber sie machte diesen Mangel dadurch wett, daß sie absolute Ehrlichkeit ausstrahlte. Sie war eine angenehme Erscheinung, und man sah ihr an, daß sie gesunden Menschenverstand besaß. Ihre sanfte, beruhigende Stimme verlieh ihrer Rede eine besondere Kraft. Viele Leute fühlten sich von ihr angezogen.

Rick hingegen war nicht beeindruckt.

„Ihre letzte Rede war ja noch ganz o. k., bloß ziemlich langweilig. Diesmal finde ich sie nur noch langweilig."

„Oberflächliches Geschwätz!" fauchte Mona.

„Deine Mrs. Griffin geht mir eben voll auf'n Kanister."

„Vielleicht solltest du nicht so sehr nach deinen Gefühlen gehen und ab und zu deinen Hirnkasten einschalten!"

Tom schaltete sich ein. „Jetzt aber Schluß!" flüsterte er, um keine unnötige Aufmerksamkeit zu erregen.

Die hitzigen Bemerkungen der Geschwister gingen im Beifall, der auf die Rede der Bürgermeisterin folgte, unter.

Rick wandte sich trotzig ab und ging weiter. Mona hatte Tränen in den Augen.

Tom legte den Arm um sie, um sie zu trösten. Die ganze Situation war wirklich sehr schwierig. Irgend etwas muß hier geschehen, sagte er sich, und zwar bald...

„Arthur Crandles hat jetzt das Wort!"

Der Gegenkandidat wurde mit donnerndem Applaus begrüßt. Es dauerte einige Minuten, bis die lautstarke Begeisterung sich gelegt hatte.

Als Crandles endlich mit seiner Rede begann, bemerkte Tom auf einmal den silberhaarigen Mann, der an einer der Balustraden lehnte.

„Augenblick, Mona, ich bin gleich wieder zurück."

Tom gelang es, sich bis auf ein paar Meter an den Mann heranzuarbeiten. Aus der Nähe wirkte er jünger als sechzig. Diesmal trug er eine runde Nickelbrille, die ihn wie einen sportlichen Geschäftsmann wirken ließ. An seinen grauen Haaren war er jedoch leicht wiederzuerkennen.

Tom fragte sich, warum jemand wie er wohl an diesem Treffen teilnahm, anstatt es gemütlich zu Hause auf dem Bildschirm zu verfolgen. Während er den Silberhaarigen betrachtete, kamen ihm die Einzelheiten ihres vorigen Treffens wieder in den Sinn. Er erinnerte sich an die seltsamen Angaben, die plötzlich auf dem Monitor erschienen waren und die dazu geführt hatten, daß er Zeuge wurde, wie der Mann diese seltsame schwarze Box auf dem Parkplatz in Empfang genommen hatte.

Arthur Crandles sprach über seine Pläne für Stanton. Tom achtete nicht darauf, was er sagte – seine Aufmerksamkeit konzentrierte sich völlig auf den silberhaarigen Mann! Dieser machte sich gerade Notizen, was ziemlich seltsam wirkte bei jemand, der nicht im geringsten wie ein Reporter aussah.

Als die Rede endlich zu Ende war, folgten die erwarteten Beifallskundgebungen. In dem allgemeinen Aufbruchsdurcheinander, das jetzt folgte, hatte Tom im Nu den Silberhaarigen aus den Augen verloren. Als er sich nach Mona umsah, bemerkte er, daß sie ebenfalls verschwunden war.

Nach ein paar Minuten gelangte auch Tom ins Freie. Die Nachtluft war kühl und erfrischend. Er atmete erst einmal tief durch, um sich zu beruhigen. Plötzlich blitzten seine Augen auf.

Er hatte die weiße Limousine erblickt. Sie parkte vor dem Hinterausgang.

„Jetzt habe ich dich, Freundchen", murmelte er triumphierend.

Da bemerkte er den Silberhaarigen, der aus dem Gebäude hastete. Ein Chauffeur riß den Wagenschlag auf, der Mann beugte sich vor und schlüpfte ins Innere. Hinter ihm kletterten noch einige Leute ins Auto.

Mit Entsetzen erkannte Tom die Person, die als letzte in die weiße Limousine stieg.

Es war Rick Powell.

Eine mißglückte Einladung

Ein Streifenwagen stand vor der Garage der Powells.

„Soll ich mit reinkommen?“ fragte Tom.

„Nein danke.“ Mona schüttelte den Kopf.

Tom befürchtete das Schlimmste. Er hatte Mona gegenüber nicht erwähnt, wo er Rick zuletzt gesehen hatte. Seit dem Zwischenfall mit der weißen Limousine war er wie vor den Kopf gestoßen. Daher wollte er auch vorerst einmal nichts davon erzählen.

Mona hingegen fühlte sich gerade recht wohl. Das Kandidatentreffen war für sie gut gelaufen. Sie freute sich, daß Tom hingekommen war und daß sie endlich einmal einen Abend zusammen verbracht hatten.

„Ich ruf dich morgen früh an, ja?“

Er beobachtete, wie Mona die Haustür aufschloß und legte dann ein paar Meter zu sich nach Hause im Laufschritt zurück.

„Hallo, Mami! Lange nicht gesehen.“

„Auch nicht gehört, mein Bester! Jetzt hab ich zwei Männer im Haus und muß trotzdem allein zu Abend essen. Du hättest zumindest anrufen können, Tom.“

„Ich hatte keine Ahnung, wie lange es dauern würde. Tut mir leid.“

„Dein Vater ist auch noch im Büro. Immer noch dieses

Wahlprogramm. Und wie ist's dir heute ergangen?"

Während er sich rasch etwas zu essen machte, berichtete Tom seiner Mutter kurz, was sich zugetragen hatte. Laura Benson war ein paar Tage jünger als ihr Mann. Sie hatten sich auf dem College kennengelernt. Der grüne Trainingsanzug, den sie anhatte, war eigentlich ihre Arbeitskleidung – sie war Sportlehrerin. Tom fiel auf, wie entspannt sie wirkte – ganz im Gegensatz zu seinem Vater.

„Glaubst du, daß Vater sich zur Zeit zuviel zumutet?" fragte Tom.

„Er hat früher auch schon allerhand Streß gehabt. Aber gut tut es ihm bestimmt nicht, auf Dauer so viel zu arbeiten. Ich habe ihn schon gebeten, ein bißchen kürzerzutreten", gestand Mrs. Benson. „Aber ich fürchte, viel habe ich damit nicht erreicht – er denkt an nichts anderes mehr als an diese Wahl. Und die bereitet ihm offenbar allerhand Kopfzerbrechen."

„Mir auch", murmelte Tom.

Während seine Mutter ihnen beiden ein Glas Saft einschenkte, ertönte ein Klingelsignal im Hausflur. Tom ging hinaus, um nachzusehen. Monas Gesicht erschien auf dem Bildtelefon.

„Hey, das ist ja 'ne Überraschung – willst du mir etwa gute Nacht wünschen?"

Mona runzelte die Augenbrauen. „Könntest du mal kurz rüberkommen, Tom?" Ihre Stimme klang gereizt.

„Jetzt gleich?" fragte er erstaunt.

Er sagte seiner Mutter kurz Bescheid, dann lief er über die Straße zum Haus der Powells.

Der Streifenwagen stand noch immer in der Auffahrt. Tom mußte sofort wieder an Rick denken.

„Guten Abend, Sergeant Dalby", sagte er, als Mona ihn ins Wohnzimmer führte.

Der Beamte nickte ihm zu. Er kannte die Powells und die Bensons schon seit Jahren und verstand sich gut mit ihnen. Er hatte die Jugendlichen schon öfter bei ihren Abenteuern unterstützt und geholfen, Gesetzesbrecher dingfest zu machen. Jetzt jedoch wandte sich der Sergeant mit strenger Miene an Tom.

„Kannst du uns vielleicht sagen, was es damit auf sich hat?" Er drückte dem Jungen einen Computer-Ausdruck in die Hand. Eine der Zeilen war rot unterstrichen: MONA POWELL, KRISTALLVASE...

„Von der Stanton-Geschenkboutique, ja?" fragte Tom.

„Also weißt du Bescheid", brummte der Polizeibeamte.

„Das ist nicht mein Bank-Code" erklärte Mona mit Nachdruck. „Ich habe Ihnen doch gesagt, daß ich nichts darüber weiß."

„Sie hat recht, Sergeant Dalby. Das Ganze ist meine Schuld."

Mrs. Powell meldete sich zu Wort. „Dann schuldest du Mona eine Erklärung. Und eine Entschuldigung."

Es dauerte ein paar Minuten, bis Tom alles erklären konnte. Er gab zu, daß er den Namen des Mädchens benutzt hatte, allerdings nur für einen Programm-Probelauf. Außerdem hatte er angenommen, daß die Daten zusammen mit den anderen Eintragungen gelöscht worden waren. Er konnte sich sogar noch deutlich daran erinnern, wie sie plötzlich vom Bildschirm verschwunden waren – der Cursor hatte sie praktisch auf einen Schlag weggewischt.

Da Tom sich bereits einen Namen als Computer-Experte gemacht hatte, fand der Beamte seine Erklärungen einleuchtend.

„Ich möchte diese Angelegenheit natürlich noch mit deinem Vater besprechen", sagte er abschließend. „Als ich diesen

Ausdruck vorhin auf der Wache bekommen habe, wußte ich gleich, daß etwas nicht stimmen konnte. Warum sollte jemand versuchen, Mona hereinzulegen?"

„Übrigens", sagte Sergeant Dalby beim Hinausgehen, „dieser Flugzeugabsturz, du weißt schon, bereitet den Leuten bei der Luftfahrtbehörde immer noch Kopfzerbrechen."

Tom kniff die Augen zusammen. „Wie haben Sie das herausgefunden?"

„Durch Higgins von der Luftfahrtbehörde. Er führt die Ermittlungen. Er hat kurz auf der Wache vorbeigeschaut und uns den Bericht gezeigt. Du und Mona und Rick, ihr wart als Zeugen aufgeführt."

„Ihnen bleibt aber auch nichts verborgen, Sergeant."

„Das wollte ich von euch dreien auch gerade behaupten." Der Beamte lachte. „Auf jeden Fall scheint inzwischen festzustehen, daß das Feuer nicht durch die Notlandung entstanden ist. Vielleicht hat der Pilot selbst die Scheune in Brand gesetzt, um keine Spuren zu hinterlassen."

Mona schaltete sich ein. „Wieso? Hat er etwas verbrochen?"

„Wahrscheinlich hatte er irgendwelche Schmuggelware an Bord. Genaueres weiß ich allerdings nicht, weil unsere Behörde nichts damit zu tun hat."

„Schmuggler? In Stanton?" fragte Monas Mutter bestürzt.

„Machen Sie sich keine Sorgen", wandte der Sergeant sich an sie. „Die Leute von der Luftfahrtbehörde kümmern sich schon um das Ganze."

Seine Worte trugen nicht viel zu Mrs. Powells Beruhigung bei. Nachdem der Beamte gegangen war, folgten Tom und Mona ihr ins Wohnzimmer. Sie wollte alles über den geheimnisvollen Flugzeugabsturz wissen.

Tom erzählte ihr, was sich zugetragen hatte. Er fühlte sich

in Mrs. Powells Gegenwart immer sehr wohl. In den vielen Jahren, seit dem die beiden Familien in der gleichen Straße wohnten, hatten sie viel gemeinsam erlebt. Tom konnte sich noch gut an die Zeit erinnern, als Mr. Powell beschlossen hatte, sich von seiner Frau und den beiden Kindern zu trennen und sich scheiden zu lassen. Mrs. Powell hatte damals versucht, sich so wenig wie möglich anmerken zu lassen, wie hart das Ganze für sie war, und hatte alles daran gesetzt, sich ein neues Leben aufzubauen. Jetzt arbeitete sie als angesehene und beliebte Mathematiklehrerin an der Stanton High School.

„Du brauchst dir wirklich keine Sorgen zu machen, Muttchen."

„Du hast leicht reden, Mona. Weißt du, wie spät es schon ist? Und Rick ist immer noch nicht daheim. Er hat nicht einmal angerufen."

Tom schwieg.

„Ich hab ihn beim Kandidatentreffen gesehen", versuchte Mona ihre Mutter zu beruhigen. „Wahrscheinlich muß er noch etwas Dringendes erledigen."

„Dann hätte er doch zumindest anrufen und Bescheid sagen können."

Seufzend stand Mrs. Powell auf. Sie mußte noch ihren Unterricht für den nächsten Tag vorbereiten. Tom wünschte ihr gute Nacht.

Mona brachte ihn hinaus. „Tut mir leid, daß ich dich noch so spät gestört habe."

„Aber hör mal, ich bin es doch, der sich entschuldigen muß! Es tut mir echt leid, Mona. Dabei habe ich mit eigenen Augen gesehen, wie die Daten gelöscht wurden. Aber irgendwie sind sie anscheinend wieder aufgetaucht."

„Ist schon gut, Tom – wie das Leben nun mal so spielt..."

Mona konnte ein Lächeln nicht unterdrücken.

In Augenblicken wie diesen fühlte Tom sich sehr unsicher. Was konnte Mona mit dieser letzten Bemerkung gemeint haben? Nervös pfeifend ging er die paar Schritte nach Hause. Bevor er die Tür aufsperrte, warf er einen Blick auf den prächtigen Sternenhimmel. Heute nacht war es so klar, daß man hier draußen, weitab von der Straßenbeleuchtung, sogar den Andromedanebel mit bloßem Auge ahnen konnte.

Während er noch in Bewunderung versunken dastand, kam ein Auto die Straße heruntergefahren und hielt vor dem Haus der Powells.

Tom drückte sich in den Schatten und beobachtete, wie ein einzelner Fahrgast herauskletterte.

Rick war zurückgekommen.

Bei der Bendatacon wurde inzwischen auf Hochtouren gearbeitet. Der Wahltag rückte unaufhaltsam näher, und bis dahin mußte das System sozusagen hieb- und stichfest sein.

Mike Benson und sein Sohn erschienen noch während der Morgendämmerung im Büro. So früh wie an diesem Tag war Tom nur einmal zuvor aufgestanden: zum Angeln.

Als er es seinem Vater erzählte, meinte dieser trocken: „Letzten Endes machen wir auch nichts anderes. Nur daß wir zunächst mal im trüben fischen. Leicht wird es bestimmt nicht werden, diesen Datenpiraten auf die Schliche zu kommen. Mir scheint es fast so, wie wenn wir Haie mit einem Netz fangen wollten."

Die Spannung wuchs, während der Rest der Mannschaft eintrudelte. Viele waren erst vor ein paar Stunden heimgegangen, um sich kurz hinzulegen und umzuziehen.

Aber jeder von ihnen wußte, daß das Programm am Wahltag einfach stehen mußte, koste es, was es wolle.

„Rufen Sie bitte das Team zusammen“, sagte Mr. Benson seiner Sekretärin.

Die Besprechung fand in seinem Büro statt. Einige der besten Computer-Spezialisten von Stanton hatten sich dort versammelt. Mike Benson gab zunächst eine Zusammenfassung der bisherigen Ereignisse.

Tom, der nicht persönlich am Teamgespräch teilzunehmen brauchte, hatte sich an seinem Terminalplatz niedergelassen. Er beschloß, das Treffen per Bildtelefon zu verfolgen und seine Arbeit zunächst einmal zurückzustellen. Die Besprechung interessierte ihn mehr.

„Jeder Wahlberechtigte hat einen sogenannten Persönlichen Berechtigungs-Code“, erläuterte Mike Benson. „Dieser PBC kann nur einmal benutzt werden, und zwar unmittelbar bevor die Stimmabgabe erfolgt. Wir sind der Ansicht, daß unsere Sicherheitsmaßnahmen ausreichen.“

„Ist das wirklich genug?“ fragte eine der Mitarbeiterinnen.

„Ja. Wir werden eine erweiterte Version unserer Rückmelde-Sicherheits-Routine einsetzen. Praktisch sieht das so aus, daß der Wähler seinen PBC eingibt. In Bruchteilen von Sekunden überprüft der Zentralcomputer, ob dieser Wähler registriert ist. Der Dialog wird dann für kurze Zeit unterbrochen. Währenddessen wird Programm II aktiviert, das nun seinerseits den Heimcomputer anwählt, von dem aus der PBC eingegeben wurde. Erst dann kann die eigentliche Stimmabgabe erfolgen – absolut geheim und sicher.“

„Und wie lange dauert das Ganze?“ erkundigte sich die Frau, die sich vorher zu Wort gemeldet hatte.

„0,08 Sekunden.“

„Was, so lange?“ witzelte ein anderer Spezialist.

„Wir tun unser Bestes.“ Mike Benson lächelte.

„Und wie steht es mit dem Referendum?“ fragte eine junge

Frau, die erst seit kurzem für die Bendatacon arbeitete. Tom hatte schon von dem Referendum gehört. Noch bevor die Wähler ihre Stimme für den Bürgermeister und den Stadtrat abgaben, wurde ihnen eine Liste mit zwanzig Fragen präsentiert. Diese Volksabstimmung befaßte sich mit Themen wie Umweltschutz, Gewerbesteuer, Schulreform, öffentlicher Wohnungsbau, Ausbau des Straßennetzes, Sozialdienste, Zusatzverordnungen usw. Das Rennen um das Amt des Bürgermeisters erhielt in der Öffentlichkeit zwar mehr Aufmerksamkeit, dennoch war das Referendum genauso wichtig, da die Wähler auf diese Weise die Möglichkeit hatten, sich zu bestimmten Einzelfragen zu äußern.

„Viele Politiker sind der Ansicht, daß Volksabstimmungen in Zukunft eine wesentlich größere Rolle spielen werden", erklärte Mike Benson. „Auch unter diesem Gesichtspunkt ist es wichtig, daß unser Programm am Wahltag tadellos funktioniert."

Tom schaltete das Bildtelefon ab. Er fühlte sich richtiggehend ausgeschlossen. Obwohl die Firma seines Vaters für die technische Abwicklung der Wahl verantwortlich war, durfte er daran nicht mitarbeiten. Und aus dem Wahlkampf mußte er sich auch heraushalten, obwohl seine beiden besten Freunde dabei waren.

Verärgert machte er sich an die Arbeit.

„Wen interessiert dieses Shoppingservice-Durcheinander schon?" murmelte er.

Aber es half nichts – er mußte sich weiter den Kopf darüber zerbrechen.

„Also schön, lassen wir das Programm noch einmal laufen."

Während der Arbeit schossen ihm wieder die Ereignisse des Vorabends durch den Kopf: die Vorgänge auf dem Parkplatz, die überraschende Anwesenheit des Silberhaarigen bei der Wahlveranstaltung, die Tatsache, daß Rick in die geheimnisvolle Limousine gestiegen war, sein spätes Nachhausekommen. Auch der Traum, den er die Nacht zuvor gehabt hatte, tauchte wieder auf: Er stand mit Tausenden von Kunden vor der Stanton-Geschenkboutique und beschwerte sich, daß das Heimshopping-System nicht funktionierte – ein richtiger Alptraum.

Er zwang sich, nicht mehr daran zu denken, und konzentrierte sich auf die Arbeit.

Das System funktionierte offenbar einwandfrei. Tom versuchte eine Schwachstelle zu finden, aber alle Testläufe klappten.

„Der Heimshopping-Service ist wieder in Ordnung", meldete er seinem Vater über Bildtelefon.

„Gut gemacht, Tom." Mr. Benson lächelte ihm zu. „Dafür haben wir jetzt Probleme mit dem Telepost-Netz."

Tom stöhnte. „Meine Güte, was stimmt denn da nicht?"

Mike Benson merkte, daß sein Sohn nicht gerade begeistert dreinsah. „Tut mir leid, aber die anderen sind mit dem Wahl-Programm beschäftigt. Ich habe einfach niemand, der sich sonst um diese Sache kümmern könnte."

Tom wußte, daß er seinen Vater nicht einfach im Stich lassen konnte. „Geht schon in Ordnung, Pa. Ich schau mir das Ganze gleich mal an."

Als er das Telepost-Programm aufrief, stellte sich sofort dasselbe unbehagliche Gefühl wie am Vortag ein.

„Was ist denn hier los? Da stimmt doch etwas nicht!"

Die elektronische Post-Übermittlung verursachte manchmal mehr Probleme als sie löste. Das alte Porto/Brief-System war durch direkte Datenfernübertragung abgelöst worden. Dieses Verfahren besaß einen großen Nachteil: Früher war ab und zu ein Postsack verlegt worden oder abhanden gekommen. Jetzt führte jedoch unter Umständen eine einzige falsche Meldung dazu, daß Millionen privater und geschäftlicher Nachrichten einfach ausgelöscht wurden.

Bis jetzt hatten zwei Firmen Störungen gemeldet. Ihre ausgehende Post war bei keinem der angewählten Terminals angekommen. Obwohl jeder Code überprüft worden war, konnte der Fehler nicht ermittelt werden.

„Am besten schalte ich mich erst einmal ein und beobachte das Ganze eine Zeitlang."

Eine der betroffenen Firmen war die REM Corporation, ein Marktforschungsinstitut. Die REM wickelte neunzig Prozent ihrer Korrespondenz per Telepost ab, daher war sie durch den Zusammenbruch des Systems praktisch lahmgelegt.

„MARKTÜBERSICHTEN. OFFENE RECHNUNGSPOSTEN. EINGEHENDE KORRESPONDENZ." Jeder Teilbereich arbeitete unabhängig von den anderen, trotzdem funktionierte die Nachrichtenübermittlung bei keinem. Tom überprüfte zunächst, ob die Telepost-Hauptleitungen in Ordnung waren.

Zwei Stunden vergingen, ohne daß seine Standard-Tests etwas ergaben. „Ich bin völlig erledigt." Er gähnte.

Außerdem war er hungrig. Er brauchte dringend etwas zu essen. Und frische Luft. Eigentlich könnte ich Mona zum Essen einladen, schoß es ihm durch den Kopf. In den letzten Wochen hatten sie sich schon öfter mittags getroffen, um schnell einen Hamburger zu essen.

AN: MONA POWELL, IN: WAHLKAMPFBUERO MRS. GRIFFIN, BETR: MITTAGESSEN, 1200, HAMBURGER, gab er ein. Vergnügt grinsend schickte er die Nachricht per Telepost los, dazu benützte er zum nochmaligen Funktionstest den REM-Kanal.

Mona würde schon wissen, von wem die Einladung kam, obwohl er sie über den REM-Kanal schickte. Immerhin waren ihre Zwölf-Uhr-Mittag-Hamburger-Essen inzwischen fast zu einer festen Einrichtung geworden.

BESTEN DANK. BESTÄTIGUNG: 1200 HAMBURGER. REM 8-322c. Es hatte also geklappt. Die Mitteilung war zwar etwas langsamer als normal zurückgekommen, aber das lag wahrscheinlich daran, daß es die erste am Tag war.

Tom wollte beim Hinausgehen noch kurz bei seinem Vater vorbeischauen. Aber die Sekretärin erklärte ihm, daß Mr. Benson bereits wieder bei einer Video-Konferenz sei, deshalb hinterließ er eine Nachricht, daß eine der Telepost-Verbindungen wieder funktionierte.

Noch etwas Zeit bis zwölf, überlegte Tom. Draußen ist es so schön, da spaziere ich solange auf der Binary Avenue auf und ab und schaue, was sich in den Computerschaufenstern so tut.

Es war ein strahlend heller Tag, und unter dem wolkenlosen Himmel sah Tom auf den Dächern der Geschäftshäuser die zahlreichen Sonnenkollektoren glitzern. Stanton bezog einen Großteil seines Strombedarfs aus Sonnenenergie. Die Kollektorbatterien, im Umkreis der Stadt verteilt, waren zu lokalen Netzwerken zusammengefaßt. Aufgrund der äußerst billigen Energie, die sie störungsfrei lieferten, hatten sie mittlerweile längst ihre Aufstellungskosten erwirtschaftet. Dennoch wurden sie derzeit zu einem heißen Wahlkampfthema hochgespielt, da sie nun überholungsbedürftig waren und Arthur Crandles sie am liebsten abgeschafft hätte. Gerüchten zufolge waren sie ihm ein Dorn im Auge, weil sie in der Amtszeit von Gwen Griffin entstanden waren, die umweltschonende Energiegewinnungsverfahren besonders gefördert hatte. Von anderen Stellen hingegen war zu hören,

Art Crandles wolle neue Methoden bei der Verheizung fossiler Brennstoffe ausprobieren lassen. Tom mochte weder das eine noch das andere so recht einleuchten.

Als er in die Nähe von Mrs. Griffins Wahlkampfbüro kam, sah er, daß sich eine Menschenmenge vor dem Gebäude versammelt hatte. Vier Männer waren damit beschäftigt, einen großen Lieferwagen zu entladen. Die Versammlung auf dem Bürgersteig brach immer wieder in schallendes Gelächter aus. Zunächst vermutete Tom, daß die Leute über eine Sendung witziger Wahlplakate oder ähnliches lachten. Als er jedoch näher kam, belehrte ihn seine Nase eines Besseren.

Er versuchte sich durch die Menge hindurchzudrängen. Mona Powell stand vor dem Wahlkampfbüro, den Tränen nahe, während sie mit dem Fahrer des Lieferwagens stritt.

„Aber hier steht es schwarz auf weiß! Ist doch eindeutig ihre Order!“ rief der Mann und wies auf ein Bestellformular, das er in der Hand hielt. „1200 Hamburger – ofenheiß und lieferfrisch, bitte schön. Und wir haben die Bestellung sofort bestätigt.“

Der Duft, der von den Papiertüten aufstieg, war unverkennbar. Ganz offensichtlich lag hier ein schrecklicher Irrtum vor.

„Tom! Hilf mir aus der Patsche!“ rief Mona ihm zu, als sie ihn erblickte.

„Also, was sollen wir jetzt mit den Hamburgern machen – abladen oder vielleicht selber essen?“ drängte der Fahrer. „Hier sind übrigens Rechnung und Lieferschein.“

So hatte sich Tom seine Einladung zum Mittagessen nicht vorgestellt.

Üble Tricks

„Zwölfhundert Hamburger!"

„Genau, Dad."

„Und wo sind die jetzt?"

„Aufgegessen. Mona hat sie an Schulen und Altersheime verteilen lassen", erklärte Tom. „Nur gut, daß gerade Mittagessenszeit war."

Mike Benson starrte seinen Sohn verwundert an. Er konnte sich einfach nicht erklären, was da schiefgegangen war.

„Es stimmt schon, daß ich diese Mitteilung durchgegeben habe", fuhr der Junge fort. „Aber irgend etwas muß dann damit passiert sein. Wer auch immer am Heimshopping-Service herummanipuliert hat, muß auch die Finger im Telepost-System haben, da bin ich mir ganz sicher. Jemand hat offenbar meine Nachricht abgefangen, ein paar Bytes verändert, so daß das Ganze dann bei der Firma, die die Hamburger geliefert hat, gelandet ist."

„Trotzdem, ich versteh nicht, daß dort niemand stutzig geworden ist. Wer bestellt schon zwölfhundert Hamburger!"

Tom zuckte die Achseln. „Vielleicht dachten sie, das Essen sei für eine Wahlveranstaltung bestimmt."

Jetzt brauche ich unbedingt ein paar Minuten, um wieder einen klaren Kopf zu bekommen, sagte sich Mike Benson. Er lehnte sich an das große Fenster in seinem Büro. Unter ihm lag die Stadt Stanton. Immer mehr verstärkten sich die Anzeichen, daß ihr Frieden bedroht war.

„Üble Tricks, ganz schmutzige Tricks", murmelte er.

„Wie meinst du das?"

„Unschöne politische Spielchen. Zu versuchen, das Ansehen seines Gegners zu zerstören, indem man ihm hintenherum eins auswischt. Früher haben skrupellose Leute versucht, Wahlen dadurch für sich zu gewinnen, daß sie den Ruf ihres Rivalen in den Schmutz zogen", sagte Mike Benson. „Ich dachte, das hätten wir endlich hinter uns gelassen."

„Hat es eigentlich in letzter Zeit noch andere Zwischenfälle dieser Art gegeben?"

Toms Vater nickte. Aus Sicherheitsgründen durfte er seinem Sohn jedoch keine Einzelheiten nennen.

„Zerbrich dir nicht den Kopf darüber", meinte er. „Ruh dich ruhig mal ein paar Tage aus. Übrigens, um die Rechnung für die Hamburger hab ich mich schon gekümmert."

Tom lächelte ihm dankbar zu.

Sein Vater gab ihm zum Abschied einen guten Rat. „Wenn du Mona in Zukunft zum Essen einladen willst, solltest du es vielleicht besser persönlich tun."

Jedesmal, wenn Rick Powell das Verzeichnis der Wahlberechtigten abrief, die sich für Crandles entschieden hatten, erschienen ständig neue Namen. Er fragte sich, wo diese Leute alle wohnen mochten – ihr Adreß-Code war nur durch ein Hilfsprogramm zu ermitteln, zu dem er keinen Zugang hatte.

STRENG GEHEIM / VERTRAULICH stand auf den Klebeetiketten, mit denen die Floppies gekennzeichnet waren.

Als Vorsitzender der Jungwähler, vor allem aber wegen seines Geschicks im Umgang mit der EDV, hatte Rick Zugang zu zahlreichen gespeicherten Daten. Er war vom Wahlkampfleiter damit beauftragt worden, die Listen der UNENTSCHIEDENEN WAEHLER zu organisieren und zu registrieren. Er hatte einen Eid ablegen müssen, diese Informationen nicht an Dritte weiterzugeben.

„Wie ist die letzte Schätzung?“ erkundigte sich einer der Wahlhelfer bei ihm.

„Wir liegen fünfzehn Prozent zurück.“

„Können wir das noch aufholen?“

Rick grinste. „Und ob – nichts leichter als das.“

„Machen Sie etwa Spaß?“ fragte der andere verunsichert. Er war schon älter und kannte sich daher wenig mit elektronisch erstellten Wahlprognosen aus.

„Bis zum Wahltag wird es genau umgekehrt sein. Dann werden wir nach unseren Vorausberechnungen einen Vorsprung von fünfzehn Prozent haben“, versprach Rick.

Der Mann warf einen Blick auf die Datensichtstation, an der Rick arbeitete. Diese ganzen Apparate und Vorrichtungen waren ihm ein komplettes Rätsel. Er fragte sich, wozu das alles gut sein sollte. Wo waren die guten alten Zeiten geblieben, wo man noch sein Kreuz auf dem Stimmzettel eingetragen hatte? Er zuckte die Achseln.

Rick fuhr fort, die Ergebnisse der letzten Wahl nach Wohnbezirken auszuwerten. Immer mehr Daten wurden auf die Disketten übertragen.

„Gute Arbeit, Rick. Mach nur weiter so“, erklang plötzlich eine Stimme.

Rick wandte sich um. Der Silberhaarige stand hinter ihm. Mit seinem dunklen Anzug und der Brille sah er völlig anders aus als der Rest der Wahlhelfer. Der Mann starrte mit unbewegter Miene über Ricks Schulter hinweg auf den Bildschirm.

„Danke, Sir. Es sieht wirklich gut für uns aus.“ Rick freute sich über das Lob. Als der Silberhaarige gegangen war, machte er sich sofort wieder an die Arbeit.

Die Geschichte mit den Hamburgern erregte riesiges Aufsehen. Reporter und Journalisten belagerten Mrs. Griffins Wahlkampfbüro, um die näheren Umstände zu erfahren. Da Mona Powell eine entscheidende Rolle bei dieser Angelegenheit gespielt hatte, galt das Interesse der Zeitungsleute in erster Linie ihr.

„Sie können mich doch nicht dafür verantwortlich machen! Irgend etwas ist da einfach schiefgelaufen", versuchte sie sich zu rechtfertigen.

„Aber Sie haben die Hamburger an Schulen und Altersheime verteilen lassen." Einer der Reporter ließ nicht locker. „Ist das etwa ohne Hintergedanken geschehen?"

„Natürlich! Wir mußten das viele Essen doch irgendwie loswerden."

„Wer hat den Spaß eigentlich bezahlt? Sind dazu vielleicht Steuergelder verwendet worden?"

„Nein, es war eine private Spende."

„Geben Sie doch zu, daß das Ganze nur ein ausgefallener Trick war, um Wählerstimmen zu gewinnen!"

Mona zuckte zusammen, wie wenn jemand sie eines Verbrechens beschuldigt hätte. Sie starrte den Reporter entrüstet an. Das grelle Licht der Scheinwerfer und die vielen neugierigen Gesichter um sie herum machten sie schwindlig. Sie brachte es gerade noch fertig, eine hastige Entschuldigung zu murmeln, dann stürzte sie hastig aus dem Raum.

Jetzt schaltete sich eine von Mrs. Griffins Assistentinnen ein, die mehr Erfahrung im Umgang mit der Presse hatte. Sie betonte noch einmal nachdrücklich, daß Mona sich nichts zuschulden hatte kommen lassen und auch die amtierende Bürgermeisterin mit ihrer Arbeit außerordentlich zufrieden sei.

Trotzdem stieg die Spannung immer weiter. Die Reporter

gaben sich mit dieser Erklärung nicht zufrieden. Als Mona ein paar Minuten später heimlich zur Hintertür herausschleichen wollte, sah sie sich sofort umringt. Wieder wurde sie mit Fragen bestürmt.

„Wie wär's denn, wenn Sie sich auch mal für etwas wirklich Wichtiges interessierten?“ rief Mona nun entrüstet. „Zum Beispiel für Mrs. Griffins politisches Programm? Schließlich geht es um die Zukunft unserer Stadt...“

„Keine Wahlreden bitte!“ riefen ein paar der Reporter spöttisch. „Das hier ist doch ganz was anderes, so was interessiert die Leute doch viel mehr! Also, was steckt denn nun wirklich dahinter?“

Mona hatte jetzt endgültig genug. Entschlossen bahnte sie sich einen Weg durch die Menge. Sie hatte begriffen, daß Sensationen für die Presse immer noch interessanter waren als sachliche Argumente und daß man offenbar einen Köder brauchte, um wirklich aufzufallen.

An diesem Abend ging es auf dem Matrix Boulevard wie auf einem Schlachtfeld zu. Auf den Rasenflächen vor den Häusern waren eine Menge Wahlplakate aufgestellt worden. Einige davon ähnelten Leuchtreklamen, andere waren nicht ganz so auffällig. Anhänger der beiden Kandidaten statteten den Bewohnern des Viertels einen Besuch ab. Sie sollten herauszufinden versuchen, wer wen wählen wollte und die Unentschlossenen für sich gewinnen.

„Tut mir leid, aber das können wir nicht zulassen“, erwiderte Mrs. Benson auf die Frage, ob auch in ihrem Garten ein Wahlplakat aufgestellt werden dürfte. „Wir müssen neutral bleiben.“

„Dann sagen Sie mir doch wenigstens, welchem Kandidaten Sie Ihre Stimme geben wollen!“ Einer der Wahlhelfer war besonders hartnäckig.

„Tut mir leid, aber ich..."

„Die haben sich wohl noch nicht entschlossen? Wird aber langsam Zeit", fiel ihr der Mann ins Wort.

Mrs. Benson musterte ihn erstaunt. Das Blinkabzeichen, das er sich angesteckt hatte, zeigte die Bürgermeisterin, die etwa verzerrt lächelte.

„Hat Mrs. Griffin Sie etwa gebeten, uns hier zu belästigen?"

„Na ja, sie hat uns angewiesen, so schnell wie möglich herauszufinden, wen die Leute wählen wollen. Und sie hat gemeint, wir sollten nicht lockerlassen, wenn jemand nicht gleich mit seiner Meinung herausrückt."

Mrs. Benson versuchte ihren Ärger unter Kontrolle zu halten. „Wen ich wähle, ist doch wohl meine Angelegenheit! Ich finde diese Ausfragerei einfach unverschämt!"

Ihre Worte schienen den Wahlhelfer wenig zu beeindrucken.

„Immer noch unentschieden?"

Mrs. Benson war keinesfalls unentschieden – sie war außer sich vor Wut.

„Vielleicht sollten Sie sich das mal anschauen..." Der junge Mann drückte ihr eine Wahlbroschüre in die Hand. Sie war zu überrascht, um zu protestieren. Aber dann reagierte sie doch – wortlos zerknüllte sie den Prospekt, auf dem die Bürgermeisterin abgebildet war und knallte die Haustüre zu.

„Wer war das, Ma?"

Laura schüttelte fassungslos den Kopf. Ihr Sohn fragte noch einmal, was geschehen war.

„Man könnte fast meinen, daß Mrs. Griffin es darauf anlegt, diese Wahl zu verlieren", sagte seine Mutter. Sie klang gereizt. „Ihre Mitarbeiter sind dermaßen unverschämt. Und das war jetzt schon der dritte."

Das überraschte Tom. Normalerweise waren Wahlhelfer doch freundlich und höflich. Schließlich repräsentierten sie ihren Kandidaten und wollten einen guten Eindruck machen.

„Irgendwie kommt mir das Ganze seltsam vor", meinte Tom. „Warum sollten Mrs. Griffins Anhänger versuchen, die Wähler zu verärgern?"

In diesem Augenblick hörten sie, wie die Haustür aufgeschlossen wurde.

Tom folgte seiner Mutter ins Wohnzimmer. Sie hatte für ihre Kurse ein neues Fitneßprogramm zusammengestellt und war gespannt, wie Tom es wohl finden würde.

Die Anleitung auf Videoband zeigte Infrarotaufnahmen, in denen deutlich wurde, bei welchen Übungen der Energieverbrauch und die Muskelbelastung jeweils am stärksten waren.

„Du siehst regelrecht die Kalorien wegbrennen", meinte Laura Benson.

Und Tom kommentierte anerkennend: „Sieht richtig toll aus, so ein Wärmebild."

Mrs. Benson griff sich die Fernsteuerung, um zum nächsten Instruktionsabschnitt vorzuspulen.

„So eine Überraschung – Mike ist aber früh dran!"

Mrs. Benson lief ihrem Mann entgegen. Anstatt ihr wie üblich zuzulächeln, musterte er sie stirnrunzelnd. Er deutete auf den Rasen.

„Wer hat gesagt, daß das hier aufgestellt werden darf? Tom, komm doch mal her!"

Überrascht fuhr der Junge zurück, als sein Blick auf ein blitzendes Neonzeichen fiel, auf dem stand: WIR SIND FÜR GWEN!

„Ich war's bestimmt nicht, Daddy. Ich seh dieses Plakat zum erstenmal."

Mrs. Benson fielen sofort wieder die unliebsamen Besuche der Wahlhelfer ein. „Dabei habe ich dem jungen Mann eben ausdrücklich gesagt, daß wir keine Poster wollen“, sagte sie verärgert. „Das ist ja wirklich allerhand!“

„Ihr wißt doch, daß so etwas gegen meinen Vertrag verstößt“, erinnerte Mike Benson sie. „Wir dürfen keine der Parteien bevorzugen. Jemand versucht offenbar, uns Schwierigkeiten zu machen.“

Er wirkte erschöpft. „Ich muß gleich wieder ins Büro zurück und die letzten Testläufe auswerten. Tom, kümmere du dich bitte um dieses Schild!“

Als der Junge es herauszog, bemerkte er etwas Seltsames. Die Fotografie, die Gwen Griffin darstellte, war leicht verzerrt, wodurch der Eindruck entstand, die Bürgermeisterin blinzle hämisch. Keine sehr schmeichelhafte Aufnahme, dachte er.

Er hängte das Wahlplakat in seiner Werkstatt auf, um damit ein Loch in der Wand zu verdecken. Es schien gut dorthin zu passen.

„Wie geht's, Mr. Chips?“ fragte er.

Der kleine Roboter stand stumm in einer Ecke. Da Tom in letzter Zeit kaum daheim gewesen war, hatte er ihn lange nicht benutzt. Er betätigte probehalber den Mikrokontrollschalter. Der Roboter begann im Kreis herumzulaufen.

Mir geht's ähnlich, dachte der Junge.

Beim Anblick seiner Werkstatteinrichtung verspürte er wieder Lust zu arbeiten. Er beschloß, sich wieder an den Zentralcomputer der Bendatacon anzuschließen und zu versuchen, den Fehler im Telepost-System zu finden.

„Darf ich reinkommen?“

Die Tür ging auf, und Mr. Benson betrat die Werkstatt. Als er die Telepost-Daten auf dem Monitor sah, lächelte er Tom zustimmend zu.

„Ich wollte dich gerade bitten, dich mal kurz dort einzuschalten. Kannst du etwa Gedanken lesen?"

Tom hatte schon immer das Gefühl gehabt, daß sein Vater und er sozusagen dieselbe Wellenlänge hatten. Nicht nur, weil sie Vater und Sohn waren.

„Wann fährst du wieder in die Stadt?"

„Gleich. Ich habe gerade einen Anruf vom Büro bekommen. Es geht da um einige ungewöhnliche Datentransfers. Offenbar spielen noch andere Systeme außer dem Heimshopping-Service und der Telepost verrückt. Allerdings scheint nur Stanton davon betroffen zu sein." Er schwieg einen Augenblick und blickte mit einem Seufzer an die Zimmerdekke. Dann setzte er hinzu: „Ich glaube, daß in unserer Stadt ein System-Manipulator am Werk ist."

Diese Worte trafen Tom wie ein Keulenschlag.

„Aber so etwas ist doch strengstens verboten! Solche Apparate dürfen nicht einmal importiert werden!"

„Trotzdem hat anscheinend jemand einen hier bei uns eingeschmuggelt. Und das gerade jetzt, unmittelbar vor der Wahl..."

Mr. Benson brauchte diesen Satz nicht zu Ende zu führen. Tom war sich durchaus darüber im klaren, daß sie einer entsetzlichen Bedrohung ausgesetzt waren.

Mike Bensons Blick blieb auf einmal an dem eben aufgehängten Wahlplakat hängen. Von seinem Blickwinkel aus stach das hämische Grinsen der Bürgermeisterin besonders ins Auge.

„Das ist aber eine scheußliche Aufnahme!"

„Ihre Wahlhelfer hätten wirklich ein besseres Foto aussuchen können", meinte Tom.

Sein Vater besah sich das Poster genauer.

„Ich glaube, mein Junge, daß weder Mrs. Griffin noch ihre Leute damit etwas zu tun haben."

Tom beobachtete, wie sein Vater das Plakat von der Wand nahm. Er knipste ein Laserscope an und suchte die Gegend um die Augen herum ab, bis die Pupillen durch das 3-D-Mikroskop leuchteten.

„Sie arbeiten mit einem Holographie-Effekt", verkündete Mr. Benson. „Dadurch wird der Gesichtsausdruck völlig verändert. Wieder einer dieser miesen Tricks", setzte er dann kopfschüttelnd hinzu. „Ich werde beim Wahlbüro der Bürgermeisterin vorbeifahren, damit diese Angelegenheit überprüft wird. Soll ich dich in die Stadt mitnehmen?"

Tom nickte. Da es schon ziemlich spät war, herrschte nur noch wenig Verkehr. Aber auf den Bürgersteigen schlenderten noch viele Fußgänger herum und genossen die laue Nacht.

„Könntest du mich vielleicht hier rauslassen, Pa?"

„Gut. Ruf mich an, wenn du heim willst." Mr. Benson hielt vor einer Ampel an. „Ich hab noch ungefähr drei Stunden zu tun."

Tom winkte ihm nach. Er war froh, daß sein Vater nicht gefragt hatte, wo er hin wollte. Er wandte sich um und ging in die Richtung von Arthur Crandles' Wahlkampfbüro.

„Wen haben wir denn hier? Einen neuen Freiwilligen?" rief Rick ihm entgegen, als er Tom sah. „Ich wußte doch, daß du dich auf die Seite des Gewinners schlagen willst!"

Verlegen ging Tom zum Arbeitsplatz seines Freundes hinüber. Rick war umgeben von jeder Menge Floppy-Disks, Monitoren und zwei Computertastaturen. Nachdem er die Datenfreigabe betätigt hatte, erlosch der Bildschirm.

„Nicht mehr lang bis zur Wahl." Er lächelte. „Aber wir sind sicher, daß wir's schaffen."

„Tatsächlich? Wozu braucht ihr dann diese üblen Tricks?"
Rick starrte ihn verwundert an.
„Komm schon, Rick, du weißt doch, wovon ich rede. Und du weißt auch ganz genau, was hier läuft. Ihr seid auf einem ziemlich miesen Trip – diese aufdringlichen Typen, die die Wähler belästigen und seltsame Plakate von Mrs. Griffin verteilen, die hast du doch geschickt, oder?"
Ricks Gesichtsausdruck wechselte von Unglauben zu Ärger. Ohne auf Toms Anschuldigungen einzugehen, winkte er jemand vom anderen Ende des Raumes heran. „Mr. Smyth!"
Tom wandte sich um und sah den Silberhaarigen auf sie zukommen.
„Der Junge hier hat ein paar Fragen, die unseren Wahlkampf betreffen", sagte Rick scharf.
Tom fühlte sich mit einemmal äußerst unbehaglich.
„In diesem Fall wenden Sie sich ruhig an mich. Mein Name ist Smyth. Ted Smyth. Ich leite den Wahlkampf für Mr. Crandles. Was kann ich für Sie tun?"

Bedenkliche Entwicklungen

„Warum bist du nicht mit der Wahrheit rausgerückt?"
„Bin ich doch!"
Rick Powell forderte Tom weiter heraus. „Nein, hast du nicht!"
„Ich habe Mr. Smyth erklärt, daß er eine sehr wirksame Wahlkampagne führt", erwiderte Tom. „Ist doch so, oder?"
„Aber zu mir hast du etwas anderes gesagt! Du hast uns vorgeworfen, daß wir die Leute belästigen."
„Rick! Mensch, das war nur für deine Ohren bestimmt!

Dich kenne ich, und dir kann ich doch vertrauen, während dieser Mr. Silberhaar mir fremd ist. Außerdem bin ich hierhergekommen, um mit dir zu sprechen, nicht mit ihm."

Sie verließen das Wahlkampfbüro und liefen die Straße hinunter. Toms Überraschungsbesuch hatte Ricks Zeitplan durcheinandergebracht. Die Spannung zwischen den beiden Jungen wurde immer größer, mit jedem Schritt wuchs ihre Gereiztheit.

„Jetzt sag mal endlich, warum nur bist du in letzter Zeit so verbissen, Rick? Du bist doch total zu! Wird das wieder mal anders?"

„Sobald wir die Wahl gewonnen haben."

„Und was ist, wenn ihr verliert?"

„Wir haben sie bereits in der Tasche", erwiderte Rick großspurig.

Tom wunderte sich, woher sein Freund diese Zuversicht nahm. War ihm seine Stellung als Vorsitzender der Jungwähler in den Kopf gestiegen? Oder verbrachte er einfach zuviel Zeit vor dem Bildschirm?

„Wollen wir wetten?" schlug Rick vor.

Jetzt war sich Tom endgültig sicher, daß mit Rick etwas nicht stimmte. Der wettete nämlich grundsätzlich *nie*. Außer wenn es darum ging, wer im Restaurant die Rechnung bezahlen sollte – da gewann er allerdings regelmäßig.

„O. K.", stimmte Tom zu. „Worum wetten wir?"

„Um einen Jahresvorrat Hamburger."

Das war zuviel für Tom! Die unglückselige Zwölfhundert-Hamburger-Geschichte war ihm noch frisch im Gedächtnis. „Sehr witzig, du Scherzkeks!" Er warf seinem Freund einen wütenden Blick zu.

„Ach, komm schon, war doch nicht bös gemeint", murmelte Rick. Er versuchte einzulenken. „Wie wär's, wenn wir ins

Big Byte gehen und einen Bissen essen?"

„Guter Vorschlag", stimmte Tom erleichtert zu.

Während sie in Ricks Sportwagen zu der Snackbar fuhren, erzählte er Tom, wie toll es war, mit Mr. Smyth zusammenzuarbeiten.

„Hast du eigentlich schon mal seine weiße Limousine gesehen? Weißt du, was er da drin eingebaut hat?"

„Eine Sauna?"

„Nee, obwohl genug Platz dafür da wäre. Eine komplette Computer-Anlage! Im Heck ist in einer Konsole ein Mikrocomputer untergebracht, mit Modems und Drucker. Außerdem gibt es noch ein Bildtelefon, einen Telepostempfänger und ein Fernsehgerät!"

Während Rick begeistert weiterredete, entspannte sich Tom etwas. Zumindest war Rick ihm gegenüber jetzt nicht mehr so feindselig. Vielleicht dauerte es nicht mehr lange, und es würde wieder so wie früher zwischen ihnen sein.

Im *Big Byte* war das Essen gut und billig. Dort gab es riesige Sandwiches und die besten Milchshakes in der ganzen Stadt. Außerdem lag die Snackbar in der Nähe der High-School und war daher für die jungen Leute von Stanton ein beliebter Treffpunkt.

Sie setzten sich an einen Tisch in der Nähe der Tür. Ein Bildschirm zeigte das Tagesmenü. Die Kunden trafen ihre Wahl und tippten den entsprechenden Code ein. Dieser wurde in der Küche registriert, und der Koch machte anhand des Computer-Ausdrucks die Bestellung fertig.

„Wann kommt Cheryl eigentlich zurück?" fragte Tom, nachdem sie bestellt hatten.

„Bald, hoffe ich. Sie fehlt mir ziemlich", sagte Rick.

Endlich hatten die Jungen einmal Gelegenheit, sich zu entspannen. Während sie ihre Sandwiches verschlangen, sahen sie sich Videos von den neuesten Popgruppen an, die auf einem Abspielgerät liefen, das über dem Tisch angebracht war. Die Gebühr für diese audiovisuelle Musikbox würde dann auf die Rechnung aufgeschlagen werden.

Sie spülten ihre Sandwiches mit einem Milkshake hinunter.

„Los, wir werfen eine Münze, wer zahlen muß", meinte Rick. Wieder einmal hatte Tom die Ehre.

Die Gesamtrechnung für Essen, Getränke und Video-Musik erschien auf dem Tischmonitor. Tom steckte seine „automatische Kreditkarte" in eine Öffnung, gab seinen Bank-Code ein und drückte auf den Abbuchungsknopf.

Sie traten ins Freie. Gewöhnlich gingen sie noch in einen Spielsalon, um sich an den Laserdisc-Automaten dort die Zeit zu vertreiben, aber an diesem Abend waren sie zu müde dazu.

„Wie wär's, hättest du Lust auf ein Grillfest?"

„Rick, du tickst wohl nicht richtig! Wir haben doch gerade erst gegessen."

„Doch nicht jetzt. Morgen abend. Es soll dort allerhand los sein."

„Etwa ein politisches Grillfest?"

„Was sonst?" Rick lächelte. „Alle, die beim Wahlkampf mitmachen, sind eingeladen. Wir dürfen Gäste mitbringen. Es findet draußen in der Crandles-Villa statt. Du bist ja schon mal dort gewesen."

Tom konnte sich an den Besuch erinnern. Rick war mit Mona und ihm dorthin gefahren, um Disketten abzuholen. Unmittelbar darauf hatten sie den Flugzeugabsturz und die Explosion mitbekommen.

„Gibt es eigentlich etwas Neues über den Flugzeugabsturz?" fragte Rick.

„Nichts. Higgins und seine Kollegen kümmern sich inzwischen wahrscheinlich schon um wichtigere Dinge."

Für die beiden Jungen war der Zwischenfall mit dem Flugzeug praktisch abgeschlossen. Sie glaubten nicht, daß sie noch einmal etwas darüber erfahren würden.

Als Rick ihn vor seiner Haustür aussteigen ließ, hatte Tom das Gefühl, daß zwischen ihnen allmählich alles wieder so wie immer wurde.

„Sergeant Dalby?... Wie spät ist es denn?"

„Vier Uhr."

Mike Benson machte die Tür auf, um den Polizeibeamten hereinzulassen. Draußen war es noch völlig dunkel.

„Ein Einbruch?"

„Ja, und zwar ein ganz übler."

Mr. Benson mußte sich Sergeant Dalbys Bericht zweimal anhören, bevor er begriff, was los war. „Ich mach mich sofort fertig und komm mit", sagte er und zog seinen Morgenrock enger um sich.

Tom war durch das Gemurmel im Hausflur wach geworden. Er hatte einen leichten Schlaf, und jedes Geräusch, wie z. B. das Zuschlagen einer Autotür, ließ ihn hochschrecken. Seine Mutter meinte, daß wäre ein Zeichen dafür, daß sein Verstand ununterbrochen arbeitete.

„Was ist passiert?" fragte er schlaftrunken.

„Psst! Sonst wacht deine Mutter auch noch auf", flüsterte der Sergeant.

Während Mr. Benson sich umzog, erfuhr Tom, daß ein Überfall auf die Bendatacon verübt worden war.

„Da müssen ganz üble Burschen am Werk gewesen sein", berichtete der Beamte. „Sie haben alles kurz und klein geschlagen."

„Wie haben Sie davon erfahren? Durch unser Sicherungssystem?"

Dalby antwortete nicht. Toms Vater kam aus dem Schlafzimmer gestürzt, er stopfte sich noch das Hemd in die Hose. Der Sergeant nickte Tom kurz zu, dann liefen die beiden Männer zum Streifenwagen, der mit laufendem Motor gewartet hatte.

Während Tom dem Polizeiauto nachschaute, dessen Rücklichter in der Ferne immer kleiner wurden, spürte er, wie in ihm ein glühender Haß gegen die Bande aufstieg, die in das Bendatacon-Büro eingebrochen war, um die Einrichtung zu zerstören. Er wußte nur zu gut, wieviel Arbeit und Mühe sein Vater in diese Firma gesteckt hatte...

Mona Powell trank gerade ihren Orangensaft zum Frühstück, als sie bemerkte, daß über dem PIRX-Drucker ein Licht blinkte. Offenbar war eine Telepost-Nachricht hereingekommen.

„Wahrscheinlich für Ma“, sagte sich Mona. „Vielleicht hat sich ihr Stundenplan geändert.“ Gähnend stand sie auf, riß den Papierausdruck ab und legte ihn ihrer Mutter auf den Stuhl. Dann setzte sie sich wieder an den Küchentisch und trank ihren Saft aus. Sie war hundemüde – gestern war wieder ein schwerer Tag gewesen.

Nach einer Weile stellte sie die Computer-Nachrichten ein, die über die neuesten Ereignisse in der Welt berichteten.

„Bist du schon lange auf?“ fragte Rick, als er eine Stunde später in die Küche kam. Sein Haar war noch naß vom Duschen. Er sah völlig verschlafen aus.

Auf einmal läutete es Sturm. Tom stand vor der Haustür. Die Geschwister starrten ihn verwundert an, als er Rick, der noch im Schlafanzug war, anfuhr: „Mann, du Trantüte, wieso bist du noch nicht fertig?“

Rick fragte sich, ob er richtig gehört hatte. „Ich? Wieso

sollte ich fertig sein?“

„Meine Telepost-Nachricht! Habt ihr sie etwa nicht bekommen?“

Mona holte sofort den Ausdruck, den sie ihrer Mutter auf den Stuhl gelegt hatte. Sie überflog ihn kurz, dann drückte sie ihn ihren Bruder in die Hand. „Hier, das ist vorhin reingekommen.“

Als Rick die Nachricht las, wurde er mit einem Schlag hellwach. „Wir müssen sofort hin“, erklärte er. „Bei der Luftfahrtbehörde scheint allerhand los zu sein.“

„Anderswo auch“, seufzte Tom. Er beschloß jedoch, nichts weiter zu sagen, weil der Einbruch bei der Bendatacon geheimgehalten werden sollte. Sein Vater hatte ihm eingeschärft, niemandem etwas davon zu erzählen, nicht einmal den Powells.

„Was ist los? Du siehst so nachdenklich aus?“

Tom zuckte die Achseln.

Als Rick in sein Zimmer ging, um sich rasch umzuziehen, nutzte Mona die Gelegenheit, um sich in Ruhe mit Tom zu unterhalten.

„Wir sind schon eine Ewigkeit nicht mehr beim Tanzen gewesen“, sagte sie. „Dabei hätte ich wirklich Lust, wieder einmal auf eine Party zu gehen. Wegen der Wahl findet doch jetzt überall was statt.“

„Wie wär's mit einem Grillfest?“ schlug Tom vor. Mal sehen, wer überraschter ist, Rick oder Mona, sagte er sich. „Aber behalt es für dich, ja? Sag deinem Bruderherz nichts davon.“

Das Mädchen nickte. Im selben Augenblick kam Rick wieder in die Küche. Er hatte keine Ahnung, welchen Streich Tom sich soeben ausgedacht hatte.

„Ich hab Mom Bescheid gesagt, daß ich zum Essen nicht

zurück bin. Ich geh heute abend fort."
„Na, denn viel Spaß!" Mona grinste.
Als das Trio losfuhr, herrschte bereits reger Berufsverkehr. Das erweiterte VFLS, das Rick im Auto hatte, half ihnen, Staus zu vermeiden. Dieses Verkehrsfunkleitsystem war an einen Zentralcomputer angeschlossen. Es übertrug sämtliche Informationen, die für die Autofahrer wichtig waren, wie Straßenzustandsberichte, Staus, Unfälle und Baustellen, auf eine Straßenkarte, die von einem LCD-Display am Armaturenbrett abgebildet wurde. Außerdem war ständig zu sehen, wo sich das Auto gerade befand, so daß man sich praktisch kaum verfahren konnte.
Sie parkten direkt vor dem Amtsgebäude. Tom und Mona folgten Rick in den Fahrstuhl. Alle drei waren gespannt auf die Unterredung, die vor ihnen lag.
Mr. Higgins begrüßte sie.
„Ihre Nachricht hat uns einen ganz schönen Schrecken eingejagt", erklärte Tom.
„Sind wir wirklich in Gefahr?" fragte Rick.
„Allerdings. Aber macht euch vorerst keine Sorgen", erwiderte der Mann. „Ein ausländischer Nachrichtendienst hat irgendwie die Aufzeichnungen unseres letzten Treffens in die Hand bekommen. Eure Zeugenaussagen waren ebenfalls auf einem der Bänder."
Wissen Sie schon, wer diesen Bericht weitergegeben hat?"
„Bestimmt niemand von unserer Behörde, dafür leg ich die Hand ins Feuer."
„Aber wie um Himmels willen sind die Aufzeichnungen dann bloß ins Ausland gelangt?"
„Wir haben den Bericht als ‚Streng vertraulich' an die Oberste Luftfahrtbehörde weitergeleitet. Die Verbindung muß irgendwie unterwegs angezapft worden sein."

„Durch wen?“
„Schmuggler.“
„Und was?“
„Mikrotechnologie. Modernste elektronische Geräte, deren Ein- und Ausfuhr durch die Regierung strengstens überwacht wird“, enthüllte ihnen Higgins.

Er brachte die drei in einen Vorführraum in der Nähe seines Büros. Ein Diaprojektor zeigte Aufnahmen des verlassenen Flugzeugs. Von dem brennenden Schuppen im Hintergrund stiegen Rauchwolken auf. Nahaufnahmen, die gemacht worden waren, nachdem das Feuer gelöscht war, zeigten etliche Versandkisten.

„Diese Kisten waren mit Sicherheit für eine neue Lieferung bestimmt“, erklärte Higgins. „Nach dem Flugzeugabsturz haben die Schmuggler die Propangasbehälter angezündet, um sämtliche Spuren zu verwischen.“

„Also hat der Flugzeugabsturz den Schmugglern einen Strich durch die Rechnung gemacht?“

„Möglicherweise konnten sie die Ware vorher abwerfen“, überlegte Higgins laut. „Oder sie wurde sofort nach der Notlandung umgeladen.“

„Vielleicht – ja genau, wahrscheinlich hat der erste Hubschrauber, den wir gesehen haben, diese Ladung aufgenommen“, sagte Tom. „Und natürlich auch den Piloten. Oder wer immer gerade an Bord gewesen ist.“

Higgins schärfte den drei Freunden noch einmal ein, vorsichtig zu sein. „Haltet die Augen offen, ob ihr etwas Verdächtiges bemerkt“, riet er ihnen. „Und nehmt die Sache bitte nicht auf die leichte Schulter! Vor allem, weil ihr durch die Presse doch schon ziemlich bekannt geworden seid“, setzte der Beamte hinzu. „In diesem Fall ist das eindeutig ein Nachteil.“

„Das ist uns klar, Sir“, erwiderte Tom, als Higgins sie zum Fahrstuhl brachte. „Falls wir irgend etwas tun können, um Ihnen weiterzuhelfen, lassen Sie es uns bitte wissen.“

Sie wünschten einander „viel Glück!“ und verabschiedeten sich. Als sie nach unten fuhren, gab Rick zu, daß er ziemlich nervös war.

„Wir brauchen bloß einen Unfall zu melden und schon passiert das Schlimmste. Hätten wir uns doch bloß nicht eingemischt!“

„Jetzt hör aber auf! Es hätte doch jemand unsere Hilfe brauchen können.“

„Und was ist mit uns, wenn *wir* Hilfe brauchen?“ fragte Rick gereizt. „Schmuggler lassen nicht mit sich spaßen. Mir gefällt das Ganze nicht.“

Tom und Mona gefiel es genausowenig – trotzdem hatten sie das Gefühl, richtig gehandelt zu haben.

„Ich muß jetzt ins Wahlkampfbüro“, sagte Rick. „Soll ich euch irgendwo hinbringen?“

Mona schüttelte den Kopf und verabschiedete sich. „Ich hab nur ein paar Schritte.“

„Und ich will erst noch in Daddys Büro vorbeischauen!“ Tom schauderte bei dem Gedanken daran, was ihn dort erwartete.

„Ich ruf dich noch an wegen diesem Grillfest heute abend. Damit wir ausmachen können, wann und wo wir uns treffen“, sagte Rick.

Tom fiel ein, daß er auch Mona dazu eingeladen hatte. „Laß nur, Rick. Ich komm schon irgendwie hin. Ich muß heute vielleicht länger arbeiten. Außerdem weiß ich ja, wo die Villa ist.“

Sie trennten sich. Tom sah zu, wie sein Freund wegfuhr. Dann ging er pochenden Herzens die Stufen zum Bendatacon Gebäude hinauf.

Zwei Fremde bewachten den Eingang zum Büro. Eine Ausbuchtung in ihren Sakkos zeigte, daß sie bewaffnet waren.

„Halt! Was wollen Sie hier? Hier darf niemand rein!“

Das Grillfest

Auch als Tom erklärt hatte, wer er sei, weigerten sich die Zivilbeamten, ihn durchzulassen. Glücklicherweise kam in diesem Augenblick ein Bendatacon-Angestellter vorbei und erreichte, daß Tom hineingehen durfte.

„Es sieht ziemlich schlimm aus“, warnte einer der Programmierer den Jungen.

„Wo ist mein Vater?“

„In seinem Büro. Er unterhält sich mit den Kriminalbeamten. Das Ganze hat ihn ziemlich mitgenommen.“

Der Grund dafür wurde rasch ersichtlich: Der Boden war übersät mit zertrümmerten Computerteilen! Pflanzen, Schreibtische und Stühle waren umgeworfen. Die Büros sahen aus, als ob in jedem einzelnen ein wüste Schlägerei stattgefunden hätte.

Betroffen ging Tom zu seinem Terminal. Die Kabelverbindungen waren herausgerissen worden, die Bildschirme waren zersplittert. Seine sorgfältig sortierten Disketten waren mit einer öligen Flüssigkeit verschmiert.

„Kann ich Sie mal kurz sprechen?“

Einer der Kriminalbeamten, die mit der Untersuchung des Falles betraut waren, hatte den Jungen entdeckt. Auf seine Fragen erhielt er jedoch nur fassungsloses Gemurmel – Tom war wie vor den Kopf geschlagen.

„Je eher Sie mir erzählen, was Sie wissen, um so eher können wir diesen Ganoven, die hier wie die Vandalen gehaust haben, auf die Spur kommen“, drängte der Beamte.

Bevor er irgendwelche Erklärungen abgab, wollte Tom seinen Vater sprechen.

„Gut, kommen Sie mit.“

Wohin Tom auch blickte, überall herrschte völliges Chaos. Die Einbrecher hatten ganze Arbeit geleistet. Kein einziges Büro, kein einziges Terminal war ihrer Aufmerksamkeit entgangen. Anscheinend waren diese Burschen – es mußten mehrere gewesen sein – trotz des Nacht-Sicherungs-Systems in das Büro eingedrungen. Aber wie war das möglich?

Mike Benson öffnete die Tür und nahm seinen Sohn einen Augenblick lang in die Arme. Beide waren völlig überwältigt von dem, was geschehen war.

„Wie sind die überhaupt hereingekommen?“ fragte Tom ungläubig. „Es gibt doch überall Video-Kameras, Geräuschdetektoren und sonstige Alarmanlagen. Haben die alle versagt?“

„Anscheinend schon. Die Kriminalpolizei steht bis jetzt noch vor einem Rätsel. Aber sie wird schon herauskriegen, wie das Ganze passieren konnte. Jedenfalls ist das hier eine ganz riesige Gemeinheit.“

Bevor Mike Benson seine Unterredung mit den Beamten fortsetzte, bat er seinen Sohn, in der Zwischenzeit keinerlei Angaben zu machen. „Das ist unser Recht. Warte damit, bis ich bei dir bin, damit ich alles mitbekomme.“

Als er das Gebäude verließ, betrachtete Tom kopfschüttelnd die unzähligen Kontrollkameras und Laser-Lichtschranken, die überall angebracht waren. Wieso hatten sie nicht funktioniert und die Polizei alarmiert?

Als Mrs. Griffins Mitarbeiter am Morgen zur Arbeit erschienen, erwartete sie eine Überraschung. Vier Polizisten bewachten den Haupteingang, während etliche Kriminalbeamte das Gebäude absuchten.

„Was ist denn hier los? Eine Bombendrohung?"

„Jemand hat erzählt, es sei eingebrochen worden."

„Hoffentlich ist der Bürgermeisterin nichts passiert. Wo ist sie eigentlich?"

„Warum läßt man uns nicht rein?"

Mit jeder Minute wuchs die Aufregung. Jede neue Frage rief eine Reihe wilder Gerüchte hervor.

Als Mona Powell die Binary Avenue heraufkam, sah sie schon von weitem die Menschenmenge, die den Bürgersteig versperrte. Ihr erster Gedanke war: Schon wieder eine neue Katastrophe!

„Kein Grund zur Aufregung", erklärte einer von Mrs. Griffins Mitarbeitern den Wahlhelfern. „Am besten gehen Sie erst mal in aller Ruhe einen Kaffee trinken. Und machen Sie sich vor allem keine Sorgen."

Eine Stunde später tauchten die Kriminalbeamten auf und verließen das Gebäude. „Sie können jetzt unbesorgt an Ihre Arbeitsplätze gehen", erklärte einer von ihnen der wartenden Menge.

„Aber was ist denn geschehen?" fragten sich alle.

„Nähere Einzelheiten kann ich Ihnen leider nicht geben. Ich möchte zuerst die Bürgermeisterin sprechen", erwiderte der Inspektor.

Nachdem die Polizisten und Kriminalbeamten abgezogen waren, nahmen die Wahlhelfer von dem Gebäude Besitz. Sie fanden ihre Büros unverändert vor.

„Hier sieht es ja ordentlicher aus als sonst", witzelten ein paar.

Auch Mona fand ihren Arbeitsplatz genauso vor, wie sie ihn am Vorabend verlassen hatte. Nichts schien verändert worden zu sein. Trotzdem setzte sich ein unbehaglicher Gedanke in ihrem Kopf fest.

Sie wählte die Bendatacon per Bildtelefon an. Seltsamerweise rührte sich nichts. Sie erhielt keine Verbindung.

„Dann versuch ich's eben mit Toms Werkstatt", beschloß sie und schickte eine Telepost-Nachricht dorthin.

In der Zwischenzeit machten sich Mrs. Griffins Wahlhelfer zur letzten Runde bereit. Der Wahltag stand unmittelbar bevor. Natürlich gab es noch enorm viel zu tun, vor allem mußte die große Party organisiert werden, die traditionsgemäß am Vorabend der Wahl stattfand.

„Vielen Dank für Ihre Hilfe, Mona", sagte eine sanfte Stimme.

Das Mädchen sah von seinem Schreibtisch auf und blickte in Gwen Griffins warme Augen. Sie spürte, daß die Bürgermeisterin ihr Lob ernst meinte. Mrs. Griffin wechselte mit jedem ihrer Wahlhelfer ein paar herzliche Worte. Dann stieg sie auf einen Stuhl in der Mitte des Raumes.

„Ich weiß, welche Frage Sie alle beschäftigt, daher möchte ich sie umgehend beantworten", begann sie. „Die Polizei hatte offenbar heute am frühen Morgen eine Warnung erhalten, daß in unser Wahlkampfbüro eingebrochen werden könnte."

Ängstliches Gemurmel erklang. „Glücklicherweise wurde diese Drohung nicht wahrgemacht. Trotzdem ist es nicht gerade ein angenehmer Gedanke, daß so etwas überhaupt passieren könnte. Und das unmittelbar vor der Wahl! Jetzt geht es darum, unsere Anstrengungen zu verdoppeln, damit wir es schaffen."

Während die Bürgermeisterin sprach, wurden einige Spätankömmlinge davon informiert, was geschehen war:

„Wer auch immer den Plan gefaßt haben mag, unser Büro zu zerstören, ist einfach dumm! Diese Verbrecher sind sich nicht darüber im klaren, daß so etwas nicht funktionieren kann: Es kommt nämlich nicht so sehr auf das Büro an, sondern auf die Leute, die darin arbeiten!" erklärte Gwen Griffin. „Störenfriede können eine Wahl nicht entscheiden – das können nur die Bürger durch ihre Stimmabgabe. Wenn jeder im Geist der Demokratie teilnimmt, dann wird die Gerechtigkeit siegen. Die wirklichen Verlierer sind diese Vandalen, diese Leute, die versuchen, die Ordnung zu stören. Gewinnen kann man nicht durch Zerstörung, sondern nur, indem man miteinander redet."

Ihre Schlußworte gingen im Applaus unter. Mrs. Griffins Rede hatte ihren Zweck erfüllt – die Leute konnten sich beruhigt wieder an ihre Arbeit machen.

Trotzdem, dachte Mona, wenn gestern nacht hier eingebrochen worden wäre, hätte allerhand zerstört werden können... Die Büroeinrichtung ließ sich wieder ersetzen, aber was war mit der Software?

Wenn auch sie und ihr Bruder unterschiedliche politische Ansichten vertraten, so hatten sie doch etwas, was sie verband: die Computerei. Und obwohl Mona Mrs. Griffins jüngste Wahlhelferin war, kannte sie sämtliche Einzelheiten des Datensystems.

Ich muß sofort ins Datenarchiv, sagte sie sich.

Das stellte sich als ziemlich schwierig heraus. Die Kriminalbeamten hatten den sogenannten Computerraum abgesperrt und empfohlen, das EDV-System bis Mittag außer Betrieb zu lassen.

„Aber ich muß unbedingt rein", bettelte Mona.

Der Hausmeister, ein älterer Mann, der die Schlüssel zum

Archiv hatte, zögerte. „Nur, wenn die Bürgermeisterin Ihnen die Erlaubnis gibt“, sagte er mürrisch.

„Ich verlasse mich ganz auf Ihr Urteil, Mona“, meinte Mrs. Griffin ein paar Minuten später. „Natürlich haben Sie meine Einwilligung. Ich frage mich, wieso diese Sicherheitsvorkehrungen nicht schon früher getroffen wurden.“

Nachdem die Bürgermeisterin zugestimmt hatte, blieb dem Mann nichts anderes übrig, als das Datenarchiv aufzuschließen.

„Sie setzen wohl immer Ihren Kopf durch“, brummte er.

„Nur wenn's unbedingt nötig ist“, gab Mona zurück.

Der Mann beobachtete, wie das Mädchen eine Anzahl Floppy-Disks, Mini-Magnetspeicher und Datei-Übersichten heraussuchte. Dann zog Mona einen Koffer unter einem der Schränke hervor, in den sie alles packte. Sie schleppte ihn gerade quer durch das Büro, als eine von Mrs. Griffins Mitarbeiterinnen ihr zurief: „Ein Anruf für Sie, Mona. Tom Benson ist am Apparat.“

„Sagen Sie ihm, er soll in der Leitung bleiben.“

Ein Taxi brachte sie in kürzester Zeit zum Matrix Boulevard. Als sie ankam, stand Tom noch in der Nähe des Bildtelefons und wartete darauf, daß sie zurückrief.

„Das ist aber eine Überraschung!“ Tom deutete auf den Koffer. „Hast du etwa vor, hier einzuziehen?“

„Zwei Stunden lang, wenn du nichts dagegen hast.“

„Was ist los? Hat Mrs. Griffin dich rausgeschmissen?“

„Du machst dir keine Vorstellung, was alles passiert ist“, sagte Mona. Und sie begann zu erzählen, was sich am Vormittag zugetragen hatte: die Polizisten, die das Wahlkampfbüro von außen bewachten, die Kriminalbeamten im Inneren, die es durchsuchten, die Befürchtung, daß ein Anschlag auf das Gebäude geplant sein könnte, ihre Angst, daß die Magnetbänder und Disketten, auf denen wichtige Wahlkampfdaten gespeichert waren, vernichtet werden könnten.

„Mona, du kannst mir glauben, ich weiß genau, wie dir zumute ist."

Tom ging nicht weiter auf dieses Thema ein, sondern räumte wortlos die Arbeitsfläche frei. Nur den CREX-plus ließ er stehen. Er war gerade dabei gewesen, die Telepost-Kanäle weiter zu überprüfen.

„Ich brauch so schnell wie möglich einen Haufen Kopien", sagte Mona.

Zum Kopieren waren zwei Diskettenlaufwerke nötig. Tom kramte einen alten Magnettrommelspeicher hervor. Er hatte ihn irgendwann einmal aus dem Ausrüstungsbestand einer bankrottgegangenen Firma günstig erstanden, bisher aber noch nie benutzt. „Jetzt kommt er endlich mal zum Einsatz", meinte er. „Als zusätzlicher Zwischenspeicher ist er gut zu gebrauchen?"

„Sollte man ihn nicht zuerst saubermachen?"

„Er war doch in einer Schutzhülle. Das einzige, was wir jetzt noch brauchen, ist Saft. Und Software."

Ein paar Minuten später arbeitete Toms Rechenzentrum bereits auf Hochtouren. Disketten surrten, Trommelspeicher rotierten, Leuchtschriftanzeigen blinkten, und der Printer produzierte meterweise Ausdrucke.

„Was hast du mit den ganzen Kopien vor?"

„Sie irgendwo unterbringen, wo es sicher ist."

„Das dürfte gar nicht so leicht sein. Was glaubst du denn, wo wäre es wohl am sichersten?"

Mona deutete auf den Safe, in dem Tom seine Disketten aufbewahrte.

Er schüttelte den Kopf. „Schau mal rein!"

Das Mädchen bückte sich und öffnete die Safetür.

„Er ist ja leer!"

Die Disketten und Magnetbänder, die sich normalerweise dort befanden, waren verschwunden.

„Was ist damit passiert?"

„Sie sind eben verschwunden. Rat mal, wohin?"

Mona schüttelte den Kopf. Ihr war nicht nach Rätselraten zumute.

Tom ging zu Mr. Chips hinüber, der in der Nähe der Tür stand.

„Willst du seinen neuesten Trick sehen?" Tom zwinkerte ihr zu. „Mr. Chips wird immer ausgefuchster!"

Er hatte den Roboter über ein Kabel mit einem Bildschirm verbunden, der gerade frei war. Tom gab über die Steuerungstastatur des Roboters eine kurze Codefolge ein. Nichts rührte sich.

„Was ist jetzt los?" Mona wurde ungeduldig.

„Laß ihm ein bißchen Zeit."

Ein seltsam surrender Laut drang aus dem kleinen Roboter, dann klickte es dreimal. Plötzlich leuchtete der Bildschirm auf, und eine Folge von Programmbefehlen erschien.

„Erstaunlich", flüsterte Mona und beobachtete fasziniert, wie Mr. Chips Daten geradezu ausspuckte.

„Unglaublich. Wann hast du das gemacht?"

„Gerade eben. Kurz bevor du gekommen bist, bin ich damit fertig geworden."

„Mach ihn doch auf", schlug er dann vor. „Zieh den Hebel hier nach rechts."

Die vordere Abdeckplatte glitt zur Seite und legte das Rätsel der Datenübertragung bloß. Zwei Diskettenstapel waren im Körper des Roboters untergebracht, die mit Hilfe eines beweglichen Zugriffsarms jede beliebige Diskette in das eingebaute Laufwerk schoben – ähnlich wie bei einer der alten Musikboxen aus der Kindheit ihrer Eltern.

„Ich hab mir den Kopf zerbrochen, wie ich meine Disketten auf kleinem Raum unterbringen könnte. Vor allem sollte das Ganze leicht transportierbar sein."

„Das ist dir wirklich gelungen", sagte Mona bewundernd. „Diese kleinen Heimroboter werden doch sonst nur für Reinigungsarbeiten benutzt oder um das Haus zu bewachen. Wer würde schon darauf kommen, daß Mr. Chips ein wandelnder Datenspeicher ist?"

„Niemand. Zumindest hoffe ich das." Tom räusperte sich. Mona horchte auf. Irgend etwas stimmt mit ihm nicht, dachte sie. Gab es vielleicht einen anderen Grund dafür, daß er dieses einzigartige Speichersystem entwickelt hatte?

Was Tom am Vormittag in der Bendatacon erlebt hatte, war ein Wendepunkt für ihn gewesen. Er erkannte, daß praktisch kein System vor dem Zugriff von Verbrechern zu schützen war. Hardware konnte zertrümmert werden, Software gelöscht.

Erst als ihm die Idee gekommen war, daß er seine wertvollen Disketten im Innern des Roboters unterbringen könnte – ein Versteck, das nicht nur sicher, sondern auch staubfrei und vor magnetischen Streufeldern sicher war –, wurde er etwas ruhiger.

Er nahm die Kopien, die sie gerade angefertigt hatten, und begann sie in die karussellartige Diskettenhalterung im Innern von Mr. Chips einzusortieren.

„Vielleicht sollten wir zur Sicherheit einen Probelauf machen", schlug er vor. „Was möchtest du gerne wissen?"

Mona dachte einen Augenblick nach. Dann gab sie auf der Steuerungstastatur des Roboters folgenden Befehl ein: AUSGABE DATEI GRIFFIN-WAEHLER, NAMEN E – G.

Die vordere Abdeckplatte des Roboters blieb offen. Die beiden beobachteten, wie der Zugriffsmechanismus funktionierte: eine kurze Bewegung des Abtastarms, und die Diskette verschwand im Laufwerkschacht.

„Schau, es klappt!" rief Mona und deutete auf den Monitor.

Auf dem Bildschirm erschienen die angeforderten Namen, beginnend mit EATON bis GZOWSKI.

„Siehste, alles in Ordnung", erklärte Tom. „Bist du jetzt beruhigt?"

Mona nickte.

Tom schob die Abdeckplatte wieder an ihren Platz.

„Ich muß noch diese Originale zurückbringen", erklärte Mona, „außerdem hab ich auch sonst noch jede Menge Arbeit. Aber ich freu mich schon auf unser Grillfest heute abend."

Die beiden jungen Leute verließen die Werkstatt und gingen ins Haus. Mona bestellte sich ein Taxi. Während sie darauf wartete, holte Tom etwas Obst aus dem Kühlschrank.

„Hier, iß was, sonst verhungerst du noch bis heute abend", meinte er.

Eine Viertelstunde später war Mona wieder im Büro. Sie brachte die Software sofort ins Datenarchiv zurück.

„Schon fertig? Alles in Ordnung?" Der Mann, der zuerst Schwierigkeiten gemacht hatte, half ihr, die Disketten auszupacken.

„Alles in bester Ordnung." Mona lächelte und begann die Originale wieder einzusortieren.

„Wo sind die Kopien?" fragte er.

„An einem sicheren Ort."

„Aber sind sie dort auch wirklich sicher?" murmelte Mona ein paar Stunden später.

Sie saß nervös neben Tom hinten im Taxi und konnte sich einfach nicht richtig entspannen. Zum Teil war der Fahrer daran schuld. Jedesmal, wenn er um die Ecke bog, schien er es darauf abgesehen zu haben, sie und Tom gegen die Tür zu schleudern.

„Zum Schluß kriegen wir noch solche Prellungen, daß wir nicht mehr tanzen können", meinte Mona kopfschüttelnd.

Sie hatten Stanton schon eine Zeitlang hinter sich gelassen. Die Sonne war bereits am Untergehen und warf lange Schatten in die Dämmerung. Allmählich verlor Mona die Orientierung: „Sag mal, wo fahren wir eigentlich hin?"

„Immer mit der Ruhe, Mona. Schließlich soll es ja eine Überraschung sein."

„Na schön." Mona zuckte die Achseln. „Rick geht heute übrigens auch aus; wohin hat er nicht gesagt. Ich hab extra Mom deswegen angerufen, aber sie wußte es auch nicht. In letzter Zeit scheinen es alle auf Überraschungen angelegt zu haben."

Das Taxi verringerte die Geschwindigkeit und fuhr eine gepflasterte Auffahrt hinauf, an deren Ende ein riesiges, hell erleuchtetes Gebäude zu sehen war.

„Tolle Villa", meinte der Taxifahrer, „wer da wohnt, ist bestimmt nicht arm."

Tom antwortete nicht. Er versuchte krampfhaft ein Lachen zu unterdrücken, während er Monas Mienenspiel beobachtete. Er zahlte, und sie stiegen aus.

„Was fällt dir ein!" Mona packte ihn am Arm.

„Na, ist die Überraschung gelungen?"

„Wenn es nicht so ewig weit in die Stadt wäre, würde ich sofort mit dem Taxi zurückfahren."

„Du kannst dir's ja noch überlegen", zog Tom sie auf.

„Aber ich sterb fast vor Hunger", gab sie zu. „Den ganzen

Tag hast du mir den Mund wäßrig gemacht mit deinem großartigen Grillfest, Tom Benson – jetzt werd ich diesen Crandles auch ordentlich schädigen und mir hier auf seine Kosten erst mal richtig den Bauch vollschlagen."

Ein riesiges Spruchband, das zwischen den weißen Säulen des Haupteinganges aufgespannt war, leuchtete ihnen entgegen: UNSER MANN DER ZUKUNFT – ARTHUR CRANDLES.

„Ich beiß mir eher die Zunge ab, als daß ich auch nur ein Wort zu ihm sage", erklärte Mona entschlossen. „Und stell uns ja nicht vor, sonst geb ich dir einen Tritt!"

Auf der Terrasse hinter dem Haus hatten sich bereits eine Menge Partygäste eingefunden. Es gab eine richtige Bar, an der Säfte und Drinks serviert wurden, und überall waren Kellner zu sehen, die Platten mit belegten Brötchen herumreichten. Monas Blick fiel auf den Ochsen, der sich am Spieß über einem riesigen Feuer drehte. „Einer von Crandles' Ex-Partnern", flüsterte sie.

Ihre Art von Humor ging Tom etwas auf die Nerven. Was war, wenn jemand Monas schnippische Bemerkung mitbekam? Er sah sich um, aber niemand schien sie auch nur im geringsten zu bemerken.

„Ich wollte mal sehen, wer hier ist, und mich ein bißchen amüsieren", erklärte er dem Mädchen. „Komm, wir holen uns was zu trinken und laufen erst mal herum."

Während sie über die Veranda schlenderten, erklang am Nachthimmel ein entferntes Geräusch. Als es lauter wurde, kam auch ein immer stärker werdender Wind auf. Plötzlich wurden zwei Scheinwerfer angeknipst. Am unteren Ende des Geländes, auf dem die Villa sich befand, wurde mit einemmal ein Kreis von gelben Positionslampen sichtbar – eine Landefläche.

Alles versammelte sich auf der Veranda, um zu sehen, was los war. Vom Licht der beiden Scheinwerfer gelenkt, flog ein Hubschrauber auf den Landekreis zu. Tom und Mona erkannten sofort, daß es derselbe blaue Helikopter war, den sie nach dem geheimnisvollen Flugzeugabsturz gesehen hatten.

Durch den Luftstrom, den die Rotorblätter verursachten, wurden Papierservietten und ähnliches aufgewirbelt. Die Positionslichter wurden schwächer, als die rückwärtige Tür aufging und eine Treppe heruntergelassen wurde.

„Das ist Mr. Smyth“, flüsterte Tom Mona zu und deutete auf den Mann, der als erster ausstieg. „Crandles' Wahlkampfleiter.“

„Und hier kommt der größte Lokalpolitiker aller Zeiten persönlich“, murmelte Mona.

Arthur Crandles erschien, mit einem breiten Grinsen auf dem Gesicht, und winkte seinen Partygästen zu. Er winkte so heftig, daß er eine Stufe auf der Treppe verfehlte und ausrutschte. Smyth packte ihn im letzten Augenblick am Arm.

„Da sieht man's wieder – Smyth ist Crandles' rechte Hand“, witzelte jemand. Die Partygäste scharten sich um den Bürgermeisterkandidaten und seine Wahlmannschaft. Tom und Mona blieben zurück. Der blaue Helikopter hatte ihre Neugier geweckt.

„Es ist bestimmt der gleiche, den wir damals gesehen haben.“

Zu ihrer Überraschung kletterte noch eine Person aus dem Hubschrauber.

„Mein Bruder!“ platzte Mona heraus.

Seltsame Vorgänge

„Was machst *du* denn hier?"

Mona hatte sich noch nicht ganz von ihrem Schrecken erholt. Was hatte Rick in dem blauen Hubschrauber zu suchen gehabt?

„Und du? Was machst du hier?" Rick war mehr als erstaunt, seine Schwester auf Crandles' Wahlparty zu sehen.

Tom stand zwischen den beiden und musterte Rick stirnrunzelnd.

„Ich kann mir schon denken, was euch im Kopf herumspukt", sagte Rick und deutete auf den blauen Helikopter. „Ich hab mich bereits erkundigt. Es ist ein Charter-Hubschrauber. Der Besitzer vermietet ihn tage- oder auch stundenweise. Allerdings nur an ausgebildete Piloten."

„Dann müßte er ja wissen, wer ihn an dem fraglichen Tag geflogen hat", erklärte Mona.

„Leider nein." Rick schüttelte den Kopf und berichtete weiter. Wie er erfahren hatte, stand inzwischen fest, daß der Helikopter unter einem falschen Namen gemietet worden war. Auch die beiden Passagiere, die an Bord gewesen waren, hatten bisher nicht identifiziert werden können.

Dann wandte Rick sich wieder an seine Schwester. „Ist ja toll, daß du endlich Vernunft annimmst, Mona. Für Mrs. Griffin zu arbeiten, ist sowieso reine Zeitverschwendung."

„Halt den Mund!"

„Laß sie doch endlich mal in Ruhe, Rick", mischte sich jetzt Tom ein. „Immerhin hab *ich* Mona eingeladen."

„Und wer hat dich eingeladen?"

Rick drehte sich auf dem Absatz um und ging weg. Seine Rolle als Vorsitzender der Jungwähler schien ihn wieder in Anspruch zu nehmen.

Sie beobachteten, wie er zu einer Gruppe von Leuten trat, die erheblich älter waren als er. Er wirkte völlig anders als sonst. Es war offensichtlich, daß er versuchte, sie zu beeindrucken.

„Das ist wohl der Preis dafür, daß er in Crandles' Hubschrauber mitfliegen darf", murmelte Mona kopfschüttelnd. Sie schlug vor, bald zu gehen.

Aber Tom weigerte sich. „Vielleicht können wir uns doch noch einen schönen Abend machen", meinte er.

„Hier, in dieser Schlangengrube? Also bitte, von mir aus, bleiben wir noch ein bißchen."

Tom nahm Mona beim Arm und führte sie in Richtung Tanzfläche. Unterwegs ließen sie sich ihre Gläser auffüllen und holten sich ein paar Leckerbissen vom kalten Büfett.

„He, wartet mal, ihr habt ja noch keine Anstecknadel!"

Bevor sie sich's versahen, hatte der lächelnde junge Mann ihnen zwei Blinkabzeichen angesteckt. „ARTHUR CRANDLES – JETZT!" stand darauf.

Mona knirschte mit den Zähnen. „Nie im Leben lauf ich mit so einem Ding rum!"

„Vergiß nicht, wo wir sind", flüsterte Tom ihr zu. „Du mußt dich deiner Umgebung schon etwas anpassen."

„Ja, schon gut! Na, dann laß uns ein bißchen herumlaufen."

Es gab allerhand zu sehen. Ein repräsentativer Querschnitt durch Stantons Bürgerschaft hatte sich versammelt: Geschäftsleute unterhielten sich miteinander übers Geschäft; Wissenschaftler tauschten die neuesten Erkenntnisse aus; Wahlhelfer taten ihr Bestes, um sich an ihrem freien Abend zu amüsieren. Rundum wurde geratscht und getratscht.

Allmählich begann die Party auch Tom und Mona Spaß zu machen. Sie interessierten sich dafür, wer alles da war und worüber die Leute sich unterhielten. Die Nachtluft war warm, es gab gute Musik, und sie waren gern zusammen. Zeiten wie diese gab es leider nur selten. Sie saßen nahe beieinander. Keiner der anderen beachtete sie, aber sie hatten trotzdem ihren Spaß.

„Schau dir diesen Supertänzer an", gluckste Mona.

Etwa ein Dutzend Paare tanzte auf dem freien Platz vor der Musikertribüne. Rick versuchte mit einem langhaarigen, blonden Mädchen Schritt zu halten. Bei jeder Wendung drohte er das Gleichgewicht zu verlieren. Das Mädchen stützte ihn.

„Sieht fast so aus, als ob Rick auch eine rechte Hand brauchte", lästerte Tom, dem der Zwischenfall auf der Hubschraubertreppe wieder einfiel.

Allmählich fuhr die Musik auch den beiden in die Beine.

„Komm, wir tanzen."

Sie fanden zwar, daß sie etwas aus der Übung waren. Aber was ihnen an Erfahrung fehlte, machten sie durch Begeisterung wett. Die Band spielte eine Reihe bekannter Hits. Mona und Tom blieben am Rand der Tanzfläche, um nicht in Ricks Nähe zu geraten.

Während sie tanzten, hing Tom seinen Gedanken nach. Der Einbruch bei der Bendatacon fiel ihm wieder ein, das Plakat mit der Bürgermeisterin, auf dem sie so verzerrt lächelte, die seltsamen Wahlhelfer, die zwölfhundert Hamburger, der Parkplatz, auf dem Ted Smyth sich mit den zwei Männern getroffen hatte, der schwarze Behälter, mit dem er so hastig weggefahren war...

„Hey, setzen wir uns lieber! Bitte!"

Monas Worte brachten ihn in die Gegenwart zurück. Sie

rieb sich den Fuß.

„Das ist jetzt das drittemal, daß du mir auf die Zehen getreten bist“, beschwerte sie sich.

„Tut mir leid, ich war nicht bei der Sache.“

„Das hab ich gemerkt. Du hast ausgesehen, als ob du hundert Lichtjahre weit entfernt wärst. Was ist eigentlich los?“

Tom zuckte die Achseln. „Ich hol uns was zu trinken.“ Rick und das blonde Mädchen gingen an ihnen vorbei ins Innere der Villa. Ted Smyth kletterte auf die Tribüne und trat ans Mikrofon. Die Band legte eine Pause ein.

„Meine sehr geehrten Damen und Herren“, begann der Silberhaarige, „herzlich willkommen bei unserem bescheidenen kleinen Treffen!“ Seine Untertreibung verursachte einiges Gekicher. „Das Fest heute abend wird zu Ehren unseres Bürgermeisterkandidaten veranstaltet – er allein kann Stantons künftiges Wirtschaftswachstum garantieren: Arthur Crandles!“

Lautes Klatschen ertönte, als Mrs. Griffins Gegenspieler sich winkend und händeschüttelnd seinen Weg zur Tribüne bahnte.

„Es ist mir eine große Freude, so viele meiner Freunde hier versammelt zu sehen“, begann er. „Viele von Ihnen machen sich Sorgen, wie es mit unserer Wirtschaft weitergehen soll. Als Bürgermeister von Stanton kann ich Ihnen zweijährige Gewerbesteuerfreiheit zusichern!“

An dieser Stelle klatschten natürlich die Geschäftsleute lebhaft Beifall. Während Crandles seine Rede fortsetzte, sah er ununterbrochen auf seine Hände, die leicht gewölbt waren.

„Warum macht er das?“ flüsterte Mona. „Um nachzuschauen, ob sie sauber sind?“

„Psst!“ machte eine Frau, die neben ihnen stand. „...und was die rückläufige Entwicklung unserer Computer-Industrie durch Importe angeht, so werde ich mich in diesem Fall persönlich an die Bundesregierung wenden.“

Crandles machte noch eine Reihe anderer Versprechungen, bis vermutlich alle Anwesenden zufriedengestellt waren. „Nehmen Sie mich beim Wort! Am Wahltag, wenn Sie vor Ihren Videogeräten sitzen, geben Sie Ihren Code ein und wählen den Kandidaten, der am besten für das Amt des Bürgermeisters geeignet ist!“

„Schau dir seine Hände an!“ flüsterte Mona Tom zu.

Bevor Crandles wieder zu winken begann, hatte er blitzschnell etliche Zettel in seine Seitentasche gesteckt.

„Anscheinend muß er sich jedes einzelne Wort aufschreiben lassen. Sogar wenn er auf seiner eigenen Wahlparty nur ein paar Sätze sagt...“

Warum wirkt dieser Crandles so verkrampft und unnatürlich, überlegte Mona, als sie sich neben Tom auf eine Bank setzte. Mrs. Griffins Gegenspieler hatte ein Lächeln wie ein Fotomodell, die Stimme eines Radiosprechers, die Bewegungen eines Schauspielers und einen Blick wie ein Falschspieler.

„Mir kommt er vor wie eine Marionette. Wahrscheinlich behandelt Smyth ihn auch so“, meinte Tom.

Sie beobachteten den Bürgermeister-Kandidaten, der sich unter seine Partygäste gemischt hatte. Er schien niemanden zu kennen. Der Grund dafür war wahrscheinlich, daß er erst vier Monate zuvor nach Stanton gezogen war, die Villa gekauft hatte und sofort in den Wahlkampf eingestiegen war.

Irgend etwas stimmt da nicht, dachte Tom.

„So was, das ist doch das Hamburger-Mädchen!“

Ted Smyth hatte sich ihnen von hinten genähert, einen Drink in der Hand.

„Stimmt, oder? Sie waren doch in den Nachrichten – in der Reportage über diese Hamburger-Geschichte." Der Silberhaarige grinste spöttisch. „Wie kommt es eigentlich, daß eine von Mrs. Griffins Wahlhelferinnen unser gemütliches kleines Fest mit ihrer Anwesenheit beehrt?"

„Sie ist mein Gast", meldete sich Tom zu Wort.

Ted Smyth kniff die Augen zusammen und musterte ihn genau. „Ja, richtig. Sie haben doch neulich Rick besucht. Stimmt's? Und wollten Informationen über unseren Wahlkampf... Na, zumindest sind Sie auf unserer Seite. Was dagegen diese junge Dame anbelangt..."

Er unterbrach sich, um jemandem zuzuwinken, der gerade vorbeiging. „Wie heißen Sie eigentlich? Ich weiß immer gern genau, wer alles auf meinen Partys ist."

„Ich bin Mona Powell, und das ist Tom Benson."

Smyth brauchte eine Zeitlang, bis er durchblickte.

„...Powell? Doch nicht etwa Ricks Schwester?"

Das Mädchen nickte.

„Und Sie? Ihren Namen hab ich nicht verstanden."

„Tom Benson."

„Benson... Von der Bendatacon?"

„Ja", erwiderte Tom kurz angebunden. Er fühlte sich jetzt äußerst unbehaglich.

„Nun, da fühle ich mich aber geehrt." Smyth schien sich über sie lustig zu machen. „Die Schwester unseres Vorsitzenden der Jungwähler arbeitet für die Gegenseite, erscheint aber trotzdem auf unserer Wahlparty. Und wer sitzt neben ihr: Tom Benson, dessen Vater die elektronische Wahl überwachen soll!"

Ein seltsames Lächeln glitt über das Gesicht des Mannes. Er trat einen Schritt zurück und machte eine übertriebene Verbeugung. „Herzlich willkommen zu unserer Siegesfeier!"

„Bisher hat die Wahl nicht stattgefunden", erinnerte ihn Mona.

„Tatsächlich?" Ted Smyth lachte triumphierend. „Na, diese kleine Formalität werden wir schon noch hinter uns bringen!"

Als Rick kurze Zeit später wieder aus der Villa herausgeschlendert kam, sah er, daß Mona und Tom allein dasaßen. Er lud sie ein, sich einmal das Haus anzusehen.

„Vielen Dank. Wir bleiben lieber hier. Die Luft ist draußen besser."

„Mona, laß Tom selbst entscheiden. Ich möchte, daß er sich einen dieser Räume genauer anschaut."

Toms Neugier war geweckt.

„Welchen Raum meinst du, Rick?"

„Verrat ich nicht. Los, komm mit!"

Mona blieb allein draußen. Schon aus Prinzip wollte sie sich Crandles' Villa nicht ansehen. Außerdem war Rick zur Zeit so unausstehlich, daß sie ganz froh war, ihn los zu sein.

Rick führte Tom die Treppe hinauf. Oben saß ein Wächter in einer Glaskabine, umringt von einer ganzen Reihe Kontrollmonitoren, von denen jeder für eine bestimmte Stelle im und ums Haus herum bestimmt war.

„Elmo, das ist Tom, mein bester Freund."

„Hallo", erwiderte Elmo mit tiefer Stimme.

„Ich würde ihm gern Mr. Smyths Kontrollraum zeigen."

„Tut mir leid, Rick. Zutritt verboten."

„Aber ich verspreche, daß wir nichts anrühren. Wir wollen uns bloß mal schnell umsehen."

Der Wächter beugte sich vor. „Ich könnte euch gar nicht reinlassen, auch wenn ich wollte. Der Raum ist zugesperrt." Er tippte einen Code ein. Einer der Monitoren leuchtete auf.

„Außerdem wird er gerade benutzt. Tut mir leid, Rick."

Bevor die Jungen erkennen konnten, was auf dem Bildschirm war, hatte Elmo ihn bereits wieder ausgeschaltet. Er zuckte die Achseln und begann wieder gleichmütig in einer Illustrierten zu blättern.

„Dann erzähl mir wenigstens was über diesen geheimnisvollen Raum", sagte Tom, als sie die Treppe hinuntergingen. Die vielen Kontrollmonitore hatten es ihm angetan. Um die Villa zu bewachen, hätte ein Bruchteil der Geräte ausgereicht – wurden sie vielleicht zu anderen Zwecken verwendet?

„Wink Elmo zu", sagte Rick.

Überall im Treppenhaus waren winzige rotierende Kameras angebracht.

„Seltsam. Wozu brauchen sie hier diese Menge Überwachungskameras?" Tom beschloß, es herauszufinden. „Rick, hör mal zu..." Er flüsterte seinem Freund ins Ohr, was er vorhatte.

Rick stutzte, dann nickte er und marschierte zum kalten Büfett. Dort arrangierte er allerhand Leckerbissen auf einen Teller, schnappte sich eine Serviette und trug das Ganze nach oben.

Elmo konnte auf mehreren Monitoren beobachten, wie der Junge wieder zu ihm heraufkam. Dennoch überraschte es ihn, als Rick den Teller vor ihn hinstellte.

„Das ist aber wirklich nett von dir", murmelte er.

Während der Mann sich ein Brötchen aussuchte, ließ Rick seinen Blick über die Bildschirme gleiten. Auf einem konnte er Mona erkennen, die in der Nähe der Terrasse saß. Sie unterhielt sich mit dem blonden Mädchen, mit dem er getanzt hatte.

„Hat diese Kamera einen Zoom? Kann man damit auch Naheinstellungen machen?" fragte er.

Elmo nickte, während er aß. Es freute ihn, daß sich jemand für seine Arbeit interessierte. Außerdem hatte er Rick recht gern. Zu Beginn des Wahlkampfes war der Vorstand der Jungwähler der übrigen Mannschaft vorgestellt worden und hatte bei allen einen guten Eindruck gemacht.

„Klar, keine Schwierigkeit. Ich zeig's dir mal", erwiderte Elmo kauend.

Als er den entsprechenden Knopf betätigte, wurde einer der Bildschirme auf einmal dunkel.

„Nicht schon wieder", murmelte der Mann. „Ich muß gleich mal schauen, was da los ist. Kannst du so lange hierbleiben?"

Der Junge nickte.

Sobald der Wachtposten die Treppe hinuntergegangen war, stürzte Tom die Stufen hinauf. Sein Plan hatte funktioniert, aber es blieb ihm nicht viel Zeit.

„Laß mich auf Elmos Platz." Tom setzte sich auf den Drehstuhl. „Welcher Raum ist es?"

Rick drückte einen Knopf auf der Schalttafel. Auf dem Monitor Nr. 8 erschien ein verschwommenes Bild, das zusehends deutlicher wurde. Tom schnappte sich ein Paar Kopfhörer und steckte sie unter dem Videogerät ein.

Sie sahen zwei Männer, die sich über einen schwarzen Kasten beugten. Um sie herum stand eine Menge modernster elektronischer Geräte.

„Diese Hardware ist ja sagenhaft – alles auf dem neuesten Stand", murmelte Tom erstaunt. Er kannte einige der Geräte aus Fachzeitschriften.

Während die beiden Männer sich weiter an der schwarzen Box zu schaffen machten, drückte Tom den Zoomknopf, um ein vergrößertes Bild zu erhalten. Eine Nahaufnahme der Box füllte den Bildschirm. Jetzt konnten die Jungen die Aufschrift entziffern: S. A. M. 4.

Die Worte der Männer drangen durch Toms Kopfhörer: „...noch eine Testschaltung...Kopplung o. k. ...sind im Heimshopping-Service..."

Rick stellte die Kamera so ein, daß sie die beiden Männer genauer betrachten konnten. Tom erinnerte sich an ihre Gesichter: Es waren die Männer, die Ted Smyth den schwarzen Behälter gegeben hatten.

„...gleicher Unterbrechungscode... Wahlstimmen umschlüsseln... PBC-Datei zurücksetzen..."

Tom wurde mit einem Schlag klar, was die Männer vorhatten – sie wollten die Wahlergebnisse manipulieren!

Er nahm den Kopfhörer ab und legte ihn auf den Tisch. Rick hatte bemerkt, daß mit Tom etwas los war, und schaltete den Bildschirm aus. Keiner der beiden Jungen hatte gehört, daß die Tür aufgegangen war.

„TRM ist also wieder an der Arbeit!" zischte eine drohende Stimme.

Arthur Crandles hatte sie beobachtet.

Der Fall weitet sich aus

Elmo, der Wachtposten, hatte herausgefunden, daß an der Kontrollkamera überhaupt nichts fehlte – außer, daß jemand eine Papierserviette vor die Linse geklebt hatte.

„Wer macht den so was?" murmelte Elmo, während er die Serviette herunterriß.

Die Antwort auf seine Frage erhielt er, als er die Treppe wieder hinaufging. Elmo sah Tom Benson und Rick Powell in seiner Glaskabine sitzen. Der Besitzer der Villa redete wütend auf die beiden ein.

„Lassen Sie nur", sagte Crandles, als Elmo versuchte, seine Abwesenheit zu erklären. „Das möchte ich von den beiden hier hören!"

„Ich hole inzwischen Mr. Smyth", bot der Wächter an.

Die Jungen behaupteten, daß sie sich nur die eingeschalteten Monitoren angeschaut hätten. Glücklicherweise hatte Tom den Kopfhörer wieder ausgesteckt, als Rick den Apparat ausschaltete. Zumindest wies so nichts darauf hin, daß sie heimlich die Männer im Kontrollraum beobachtet hatten.

„Ich hab schon geahnt, daß ihr früher oder später hier auftauchen würdet", knurrte Smyth, als er die Kabine betrat.

„Tut mir wirklich leid, daß ich nicht auf meinem Posten geblieben bin, Sir, aber diese eine Kamera war..."

„Schon gut, Elmo", unterbrach ihn Smyth, der die Jungen weiterhin scharf fixierte. „Was habt ihr eigentlich noch hier oben zu suchen? Los, verzieht euch!"

Weiter unten in der Halle ging eine Tür auf. Die zwei Männer, die aus dem Kontrollraum kamen, nickten Crandles und Smyth zu und marschierten dann zum hinteren Ausgang.

„Kommt, beeilt euch!" drängte Smyth die Jungen.

Sie durften also nicht länger auf der Wahlparty bleiben. Das Schlimmste für Rick war, daß er jetzt nichts mehr von dem gebratenen Ochsen abkriegen würde. Dabei hatte er solchen Hunger.

„Mona!" rief Tom.

Sie unterhielt sich noch immer mit dem blonden Mädchen. Rick ging zu ihr hinüber, um ihr Bescheid zu sagen. Mona stand auf und folgte ihm ins Haus.

„Müssen wir schon so bald gehen?"

„Zufällig ist ein Taxi hierher unterwegs, speziell für euch drei", erwiderte Ted Smyth.

„Wieso ein Taxi? Wer hat es bestellt?"
„Ich." Der Silberhaarige grinste. „Ich habe beschlossen, daß ihr doch ein bißchen jung seid für eine Party." Er warf Rick und Tom einen herausfordernden Blick zu.
„Das Taxi ist da, Mr. Smyth."
Elmo brachte Tom und Mona direkt bis zum Taxi und bezahlte den Fahrer im voraus, während Smyth an der Haustür noch ein paar Worte mit Rick wechselte.
„Was hat er von dir gewollt?" fragten sie, als er ins Taxi stieg.
Rick legte den Finger auf die Lippen. Er fand es besser, im Taxi nichts zu sagen. Vielleicht war der Fahrer einer von Smyths Leuten.
Schweigend fuhren sie nach Stanton zurück.

Tom wachte wie immer sehr früh auf. Die Sonne, die er als eine Art Wecker benutzte, schien in sein offenes Fenster. Er schlich sich leise in die Küche, um zu frühstücken. Während seine Eltern noch tief schliefen, begann der Junge seinen Tag zu planen. Er sah nach, ob per Telepost etwas hereingekommen war, fand aber nur drei Nachrichten für seinen Vater.
Als er anschließend in seine Werkstatt ging, setzte er als erstes Mr. Chips' Saubermach-Programm in Gang. Obwohl der hitzebeständige, streufeldresistente Körper des Roboters einen wahren Schatz an gespeicherten Daten enthielt, verrichtete er auf Knopfdruck ebensogut auch einfache Hausarbeiten.
„Mach mal den Boden sauber", sagte der Junge und beobachtete, wie der Roboter in die Gerätekammer verschwand, um den Multisauger zu holen.
Dann begann Tom sich mit wichtigeren Dingen zu befassen. Als erstes rief er eine Übersicht zu den am Vortag

stattgefundenen Systemoperationen ab.

Tom fand, was er suchte, unter den Telepost-Daten: „24-STUNDEN-UEBERSICHT DATENTRANSFERS ZWISCHEN CRANDLES-VILLA UND WAHLKAMPF-BUERO", las der Junge vom Bildschirm ab. „Plus eine 318-Zusatzverbindung zum allgemeinen Kommunikations-System."

Das bedeutete, daß eine besondere Datenübertragung zwischen der Villa und einem unbekannten Gebäude in Stanton stattgefunden hatte. Die Zeit, zu der dieser Transfer erfolgt war, erregte die Aufmerksamkeit des Jungen.

„Mal sehen, wann das System in der Bendatacon zusammengebrochen ist!"

Da der CREX-plus eine Fernverbindung zu dem ehemaligen Bendatacon-Zentralcomputer hatte, konnte er Zeitangaben über die eingehenden Daten liefern.

„Die Verbindung ist um drei Uhr achtzehn unterbrochen worden. Unmittelbar vor dem Überfall."

Die Tatsache, daß die Zeiten genau übereinstimmten, ließ nur eine Schlußfolgerung zu: Das Bendatacon-System war genau in dem Augenblick zusammengebrochen, als die fragliche Übertragung aus der Crandles-Villa erfolgte. Kein Wunder, daß die Eindringlinge mit dem Sicherheitssystem der Bendatacon leichtes Spiel gehabt hatten.

Mrs. Benson tauchte später am Vormittag in Toms Werkstatt auf.

„Wie lange bist du schon hier?"

Tom sagte es ihr und fragte, ob sein Vater schon wach sei.

„Er ist vor einer Stunde weg."

„Wo wollte er hin?"

„Nicht ins Büro, soviel steht fest", meinte Mrs. Benson. „Dort funktioniert ja absolut nichts mehr. Er ist zu einer

Besprechung gegangen, die irgend etwas mit der Wahl zu tun hat."

Tom folgte seiner Mutter ins Haus. Sie mußte zu ihrem Sportunterricht, wollte aber zuvor noch ein paar Lebensmittel einkaufen. Sie setzte sich daher vor das Videogerät und begann ihre Bestellung einzutippen.

„Was ist mit dem Heimshopping-Service los?" rief sie einen Augenblick später. „Das System funktioniert nicht."

Tom versuchte es. Keines der aufgeführten Geschäfte antwortete, als er den *Bestellungen*-Knopf drückte.

„Mal sehen, was der CREX-plus dazu meint."

Noch bevor er seine Werkstatt erreicht hatte, rief ihm seine Mutter etwas zu. Der Heimshopping-Service war offenbar wieder in Ordnung.

„Seltsam. Woher das wohl kommt?" murmelte Tom verwundert.

Kaum hatte er sich diese Frage gestellt, als ihm die Unterhaltung vom Vorabend einfiel: „...noch eine Testschaltung-...Kopplung o. k....Heimshopping-Service..."

Die beiden Männer, die das Gerät in der schwarzen Box betätigt hatten, waren daran schuld!

Dann schoß es ihm durch den Kopf, daß er der einzige war, der ihre Pläne mitangehört hatte. Niemand außer ihm, nicht einmal Rick, der keinen Kopfhörer getragen hatte, wußte von der entsetzlichen Bedrohung, die dieser Apparat für die Wahl darstellte!

Rick war an diesem Vormittag so wie immer im Wahlkampfbüro erschienen. In seinen Augen hatte sich durch den Zwischenfall am Abend zuvor nichts geändert; für ihn war es ein Arbeitstag wie jeder andere. Er hatte noch etliches zu erledigen. Natürlich war es peinlich, daß man ihn aus der

Crandles-Villa geworfen hatte, aber letzten Endes war er nicht daran schuld gewesen. Schließlich war es Tom, der die Serviette vor die Kameralinse geklebt hatte.

Als er zu seinem Arbeitsplatz kam, wartete Ted Smyth bereits auf ihn.

„Du hast ja weitreichende Verbindungen", begann der Silberhaarige. „Deine Schwester unterstützt die Bürgermeisterin, dein bester Freund arbeitet bei seinem Vater mit, der die Wahl überwachen soll, und du kümmerst dich um unsere Datenanalysen. Nicht schlecht – das TRM-Team hat also alle wichtigen Stellungen inne. Stimmt's?"

„Es ist nicht so, wie Sie denken."

„Was hast du dann gestern abend während der Party oben in Elmos Kabine zu suchen gehabt? Die anderen Gäste waren unten und haben sich amüsiert. Und was war mit dir?"

„Sie haben mir doch die Woche zuvor den Kontrollraum gezeigt", sagte Rick nervös. „Sie waren richtig stolz darauf. Ich habe ihn auch ganz toll gefunden. Das hab ich Ihnen doch gesagt, stimmt's? Aber Elmo hat mir nicht erlaubt, ihn Tom zu zeigen, und er wollte ihn eben unbedingt sehen. Das ist alles. Wir haben nichts angerührt! Und als Sie uns gebeten haben zu gehen, haben wir das auch gemacht. Und heute vormittag bin ich wieder auf meinem Platz, wie immer."

Ted Smyth verdrehte die Augen. Er hatte in der Zwischenzeit einige Informationen über die drei Freunde eingeholt, die ihn nicht gerade beruhigten. Andererseits wollte er so kurz vor der Wahl kein Aufsehen erregen...

Sein übliches Wahlkampfleiter-Lächeln erschien. „Schön, du bleibst weiter Vorsitzender der Jungwähler. Aber nur unter einer Bedingung: die EDV gehört nicht mehr zu deinen Aufgaben."

Rick zuckte die Achseln. „Sie sind der Boss hier."

„Wir können deine Fähigkeiten bestimmt anderweitig gebrauchen." Der Silberhaarige grinste. „Zum Beispiel haben wir da dieses Treffen am Wahl-Vormittag – im Altersheim von Stanton."

Rick versuchte, sich seine mangelnde Begeisterung nicht anmerken zu lassen.

„Du bist ein kluger Bursche", sagte Smyth beim Weggehen. „Wir haben noch allerhand mit dir vor."

„Mr. Higgins?"

„Wer ist da? Oh, du bist es, Tom."

„Kann ich Sie sprechen?"

„Natürlich! Nur los."

„Nicht am Bildtelefon."

„Ich verstehe. Komm zu mir ins Büro."

In letzter Zeit waren offenbar so viele Leitungen angezapft worden, daß Tom nicht mehr wußte, welchem Datenübertragungssystem er noch trauen konnte. Nur wenn man sich persönlich mit jemand unterhielt, konnte man noch einigermaßen sicher sein, daß niemand mithörte.

Tom machte sich auf den Weg zur Luftfahrtbehörde. Higgins und zwei seiner Kollegen warteten bereits auf ihn.

„Nun, anscheinend hast du etwas Wichtiges erfahren, Tom."

„Allerdings." Der Junge räusperte sich. „Diese Schmuggler... mit den Computer-Geräten..."

„Ja, sprich weiter."

„Ich glaube, ich weiß, wer sie sind."

Die Ermittlungsbeamten horchten auf. Auf diese Neuigkeit hatten sie offenbar gewartet.

Auf Toms Anschuldigungen waren sie allerdings nicht gefaßt. „Das ist eine sehr ernste Angelegenheit", sagte Higgins, als Tom die Namen genannt hatte.

„Deshalb wollte ich auch am Telefon nicht darüber sprechen. Sie haben ein Gerät, mit dem sie überall mithören, beziehungsweise jede Nachricht verändern können. Ich hab den Apparat mit eigenen Augen gesehen."

„War das Gerät gekennzeichnet?" fragte einer der Männer.

„Mit S. .A. M."

„S. A. M.?"

„Ja, genau. Was bedeutet das eigentlich?"

Higgins schrieb es ihm auf einen Zettel: System-Analysen-Manipulator.

„Das erklärt, wieso in letzter Zeit laufend in die verschiedenen Systeme eingegriffen worden ist", meinte einer der Beamten.

Tom blieb stumm, während die Männer beratschlagten, was als Nächstes zu tun sei. Ihm fiel ein, daß er erst vor kurzem in einer Fachzeitschrift über Impuls-Manipulatoren gelesen hatte. Es gab auf der ganzen Welt nur eine Firma, die diese Geräte herstellte, und zwar in der Schweiz. Pro Jahr wurden vier Modelle produziert, die nur unter strengsten Auflagen verkauft werden durften. Um an einen dieser Apparate zu gelangen, waren Millionen Dollars und eine Sondergenehmigung nötig. Auf die widerrechtliche Einfuhr eines S. A. M. stand eine Gefängnisstrafe von zehn Jahren.

„Trotzdem, für einen Durchsuchungsbefehl brauchen wir noch mehr Beweise", erklärte Higgins.

„Wie steht es mit dem Hubschrauber?" fragte der Junge.

„Den ihr drei kurz nach dem Flugzeugabsturz gesehen habt?" fragte der Beamte.

„Es ist ein gecharterter Helikopter. Ich hab ihn gestern abend wieder gesehen. Raten Sie mal, wer drin war."

Higgins riet richtig.

Mike Benson wartete in der Werkstatt auf seinen Sohn. Er war der einzige, der den Code für die Digital-Schließanlage kannte.

„Wieso weißt du über den S. A. M. Bescheid?" erkundigte sich Tom, als sein Vater begann, ihn auszufragen.

„Durch Sergeant Dalby. Higgins hat den Durchsuchungsbefehl von ihm. Ich hoffe, du bist dir deiner Sache absolut sicher, Tom. Das ist eine sehr ernste Angelegenheit."

„Ehrlich, Daddy, ich hab das Gerät mit eigenen Augen gesehen."

Um seinen Vater vollends zu überzeugen, zeigte Tom ihm die Computerausdrucke, auf denen die Zeitpunkte der Datenübertragungen festgehalten waren. Er machte einen Kreis um die letzte Nachricht, die der Bendatacon-Zentralcomputer empfangen hatte. Mit einem anderen Kreis kennzeichnete er die genaue Zeit, zu der eine Übertragung von der Crandles-Villa über die Zusatzleitung ausgegangen war.

„Beweist das nicht, daß sie sich in unser Sicherungs-Programm eingeschaltet und es außer Funktion gesetzt haben?"

Mike Benson schüttelte den Kopf. „Es könnte auch ein Zufall sein."

„Und wie steht es mit dem S. A. M.?"

Sein Vater wußte natürlich auch, was es mit dem System-Manipulator auf sich hatte. Die Einsatzmöglichkeiten solcher Apparate für wirtschaftliche und militärische Zwecke waren in Fachkreisen bereits ausführlich erörtert worden.

„Ich hätte nie gedacht, daß hier in unserem Land so schnell eines dieser Geräte auftauchen würde", murmelte Mr. Benson kopfschüttelnd."

„Was passiert jetzt?" erkundigte sich Tom.

„Wir sitzen ganz schön in der Patsche. Diese Bande, die bei uns eingebrochen ist, hat praktisch unsere gesamte Software zerstört. Und wenn dieser Manipulator tatsächlich eingesetzt wird, sind unsere Sicherheitsmaßnahmen sowieso hinfällig.

Mr. Benson dachte einen Augenblick nach. „Trotzdem... wir müssen die Wahl irgendwie über die Bühne kriegen, es hängt einfach zuviel davon ab. Wir *müssen* diesen S. A. M. in die Hand bekommen, und zwar um jeden Preis!

Zwei grüne Busse parkten vor dem Matrix Boulevard Nr. 208.

„Sie sind da", sagte Tom, der durch die Gardinen spähte.

„Bitte seid vorsichtig!" schärfte Mrs. Benson ihnen ein.

Mike Benson zog seine Jacke an. Er gab seiner Frau einen Abschiedskuß und ging zur Tür hinaus. Tom folgte seinem Vater.

Die Zivilbeamten, die in den Bussen saßen, warteten bereits ungeduldig. Tom und sein Vater steigen in das zweite Fahrzeug. Die Sonne ging gerade unter, als sie losbrausten. Sergeant Dalby saß den Bensons gegenüber. Er betrachtete den Jungen nachdenklich, als wolle er ihm seine wilde Geschichte nicht ganz glauben. Alle anderen machten todernste Gesichter. Mr. Higgins saß vorne neben dem Fenster.

Das Funkgerät war abgestellt, damit sie nicht abgehört werden konnten. Die Razzia sollte völlig überraschend erfolgen.

„Hier ist unser Plan", sagte einer der Beamten und ließ einen Zettel mit Anweisungen herumgehen. „Irgendwelche Fragen?"

Es gab keine. Die Verantwortung für die Aktion lag jetzt bei den Spezialbeamten im vorderen Wagen.

Als sie sich der Crandles-Villa näherten, preschte der erste Bus die Auffahrt hinauf. Seine Insassen waren bewaffnet, außerdem hatten sie den Durchsuchungsbefehl. Sie sollten so schnell wie möglich das Gebäude besetzen.

Der zweite Bus blockierte inzwischen die Auffahrt. Alle warteten auf das Signal. Die Spannung wuchs mit jeder Sekunde. Den Bensons rannen Schweißtropfen über die Stirn. Für die Beamten war das Ganze nur eine normale Razzia. Für Tom und seinen Vater war es die reinste Folter.

Blip… Blip… Das Warnzeichen! „Achtung, jetzt geht's los!"

Der Bus schoß nach vorne. Sekunden später hielt das Fahrzeug mit kreischenden Bremsen vor der Villa.

„Bleiben Sie dicht hinter mir!" befahl Dalby. Mit gezückter Pistole stürmte er los.

Die anderen folgten ihm auf den Fersen. Tom spürte, wie sein Herz vor Aufregung wild pochte. Gleichzeitig war er überglücklich, daß der S. A. M. jetzt beschlagnahmt werden würde. Wenn dann auch noch Crandles und seine Komplizen hinter Schloß und Riegel saßen, konnte die Wahl reibungslos vor sich gehen…

Der Kriminalbeamte, der die Aktion leitete, kam die Treppe heruntergestürzt. Er warf dem Jungen einen wütenden Blick zu. „Du! komm rauf!"

Mike Benson reagierte verärgert. „Was soll das?"

„Das werden Sie gleich sehen!" schrie der Beamte zurück.

Zwei Polizisten aus dem ersten Bus kamen heruntergerannt und liefen an ihnen vorbei.

„Los, rauf hier!" brüllte ein anderer. „Und bringt den Jungen mit, der uns hierhergeschickt hat."

Tom und sein Vater stiegen die Treppe hinauf. „Geheimes Mikro-Gerät, ja?" meinte der leitende Beamte höhnisch.

Er riß die Tür auf. Die Bensons spähten in den Raum und sahen, daß er mit blinkenden Videospielen vollgestellt war. Von dem S. A. M. keine Spur…

Totalzusammenbruch!

„Glaubst du, daß wir sie hereingelegt haben?"

„Zumindest im Augenblick. Es sind ja nur noch zwei Tage." Mehr brauchen wir sowieso nicht, dann ist das Ganze gelaufen."

„Die Wahl haben wir praktisch schon in der Tasche!" stimmte Ted Smyth seinem Komplizen bei.

Sie hatten sich in ein kleines Landhaus verzogen, etwa zehn Meilen von der Crandles-Villa entfernt. Dort war es ihnen zu riskant geworden. Von ihrem neuen Stützpunkt aus wollten sie den „Wahlkampf" fortsetzen. Bis zum Sieg – der ihnen sowieso sicher war.

„Wir senden einfach unsere übliche Video-Wahlkampfwerbung, morgen hältst du noch eine Rede im Altersheim, und am Abend... bist du Bürgermeister." Ted Smyth setzte ein siegesgewisses Grinsen auf.

Arthur Crandles gefiel dieses Programm. Die Spickzettel für seine Antrittsrede wurden gerade fertiggemacht.

„Ist doch ein tolles Gefühl, nicht? Schon vor der Wahl zu wissen, daß man der Sieger ist", prahlte Crandles.

„In manchen Ländern funktioniert das immer so."

„Was?"

„Dort gibt man die Ergebnisse schon vor der Wahl bekannt."

„Komm, wir trinken auf unseren Sieg! „Sie hoben die Gläser und prosteten sich zu. Ein Eiskübel und eine Champagnerflasche standen auf der schwarzen Box in der Mitte des Raumes, in der sich der S. A. M. befand.

Smyth füllte die Gläser auf. „Auf unseren Erfolg! Damit es

so reibungslos weitergeht, bis wir in der Regierung sitzen..."

„Diese Videospiele, Arthur, Junge, das war wirklich ein prima Einfall."

„Die Bullen sind selbst schuld, wenn sie glauben, was dieser kleine Klugscheißer ihnen da erzählt", grunzte Crandles, während er den Champagner hinunterschüttete. „Wir haben sie schließlich nicht geholt."

Smyth tätschelte die Box, in der der System-Manipulator sich befand. „Nur gut, daß wir diese Leutchen abgehorcht haben."

Ein Möbelwagen stand vor der Garage der Bensons. Stämmige Männer beluden ihn mit Toms Computerausrüstung. Seine ganze Werkstatt wurde abmontiert. Einer der Arbeiter trug gerade Mr. Chips ins Freie.

„Nein! Den lassen Sie bitte stehen!" rief der Junge.

Die Männer hatten zwar Anweisung bekommen, die Werkstatt komplett auszuräumen, aber schließlich stellten sie den Roboter wieder zurück, als Mr. Benson ebenfalls darum bat.

So kurz nach der mißglückten Razzia auf die Crandles-Villa kam es Tom fast wie eine Bestrafung vor, daß er sich jetzt von seiner Werkstatteinrichtung trennen mußte.

Mike Benson sprach mit seinem Sohn. „Nimm's dir nicht so zu Herzen. Es ist doch nur für kurze Zeit."

Der Junge nickte und starrte auf den Boden. „Ich glaub dir Tom. Daß du den S. A. M. in diesem Raum gesehen hast nehm ich dir wirklich ab. Aber Smyth muß irgendwie von der Sache Wind gekriegt haben. Deshalb hat er sämtliche Apparate verschwinden lassen, damit wir dumm dastehen."

„Das ist ihm auch gelungen", murmelte Tom. „Alle glauben, ich hätte mir eine Räuberstory aus den Fingern gelutscht."

Mike Benson versuchte Tom aufzurichten. „Wenn du deine Ausrüstung herleihst, ändert sich vielleicht ihre Einstellung. In der Bendatacon ist alles kaputtgeschlagen worden. Wo waren die Beamten, die einen vor solchen Überfällen schützen sollten? Unsere einzige Chance, die Wahl jetzt noch in den Griff zu bekommen, liegt darin, den CREX-plus zu benutzen sowie deine übrige Werkstattausrüstung und was immer wir uns sonst zusammenleihen können.

So gesehen sieht das Ganze schon besser aus, dachte Tom. Schließlich war es nicht sein Fehler, daß die Razzia schiefgelaufen war – anscheinend waren Crandles und Smyth trotz aller Sicherheitsvorkehrungen vorgewarnt gewesen.

Er winkte seinem Vater zu, als dieser zu den Männern im Möbelwagen kletterte. Der CREX-plus samt Zubehör sollte sofort zur Bendatacon gebracht werden.

„Allerhand los", bemerkte Mona, die die Auffahrt heraufgeschlendert kam.

„Hat der Lärm dich aufgeweckt?"

„Nein, mir ist nur ein bißchen zweierlei geworden, wie ich gesehen habe, daß sie deine ganze Werkstatt raustragen."

„Mein Alterchen braucht Verstärkung für sein Büro."

„Ja?" Sie warf ihm einen erstaunten Blick zu. „Die Bendatacon hat doch eine Superanlage... Sag mal, wo warst du gestern abend?"

Man hatte Tom gesagt, daß die mißglückte Razzia geheimgehalten werden sollte. „Ach, ich war bloß mal kurz in der Stadt", murmelte er.

„Heute abend findet Mrs. Griffins große Wahlparty statt", erinnerte Mona ihn. „Möchtest du hin?"

„Seit gestern hab ich genug von politischen Veranstaltungen. Vielen Dank."

Mona ließ nicht locker. „Aber diesmal wird's ganz anders.

Viel lockerer. Bestimmt sind eine Menge Leute in unserem Alter da."

Tom lehnte trotzdem ab. Sie begannen sich darüber zu unterhalten, daß Rick noch immer für Crandles arbeitete. Offenbar hatte ihn der Rausschmiß vom Vorabend nicht beeindruckt.

„Ich versteh ihn einfach nicht. Wieso macht er das?" sagte Tom kopfschüttelnd.

„Du kannst ihn gleich selbst fragen."

Sie sahen Rick aus dem Haus der Powells kommen. Er stieg in sein Auto, startete und kam zu ihnen herübergebraust.

„Toller Service", meinte Mona, als sie sich auf den Beifahrersitz schwang. „Rick nimmt mich nämlich mit in die Stadt", erklärte sie Tom.

Tom beugte sich vor. „Wie geht's deinem Mr. Smyth?"

„Ist doch egal."

Sein Freund ließ nicht locker. „Alles in Ordnung im Wahlkampfbüro?"

„Nein, ist es nicht", erwiderte Rick verärgert. Tom hatte anscheinend eine wunde Stelle berührt. „Man gibt mir überhaupt nichts mehr zu tun. Ich sitz den ganzen Tag bloß herum..."

„Aber warum bleibst du dann dort?"

Rick lächelte spöttisch. „Weil ich auf der Seite des Gewinners stehen will."

Mit quietschenden Reifen schoß der Sportwagen davon. Tom blieb kopfschüttelnd zurück.

„Immer nur eine Person, bitte!"

Die Leute versuchten sich durch die Tür zu drängen. Das Vorzimmmer der Bendatacon war bereits völlig überfüllt. Das Personal hatte alle Hände voll zu tun, zu verhindern, daß die Wartenden einfach in das Besprechungszimmer eindrangen.

„Der Nächste bitte! Stanton-Geschenkboutique!“ versuchte einer der Angestellten den Lärm zu übertönen.

Der Geschäftsführer der Boutique bahnte sich einen Weg durch die Menge. Er wurde in das Besprechungszimmer geführt, wo Mike Benson und zwei seiner Teilhaber saßen. Sie wußten genau, was jetzt kommen würde.

„Ich werde Ihre Firma zur Verantwortung ziehen! Sie müssen mir für sämtliche Verluste geradestehen“, schrie der Mann mit hochrotem Gesicht. „Schließlich sollten Sie dafür sorgen, daß der Heimshopping-Service sicher ist. Sie haben versagt! Mein Geschäft steht kurz vor dem Bankrott! Jemand hat unseren Bank-Code benutzt und das ganze Geld an sich gebracht!“

„Bitte, hören Sie uns doch einen Augenblick zu...“, war alles, was Mike Benson sagen konnte, bevor er wieder unterbrochen wurde.

„Diese Video-Einkauferei ist der reinste Humbug!“

Ein Angestellter nahm den erbosten Mann am Arm. „Unsere Versicherung wird Ihnen Ihre Verluste erstatten. Kommen Sie bitte mit. Die näheren Einzelheiten können Sie mir hier draußen geben.“ Der Geschäftsführer wurde in ein Nebenzimmer bugsiert.

Endlich herrschte im Besprechungszimmer einen Augenblick Ruhe. Mike Benson warf einen Blick auf seine Partner. Sie saßen niedergeschlagen da; die Vorstellung, noch mehr verärgerte Kunden anhören zu müssen, stimmte sie nicht gerade froh.

„Notieren Sie sich die Forderungen der Leute draußen“, wies Mr. Benson einen Assistenten an. „Wir bleiben trotzdem für alle Fälle hier.“

Die wütenden Ladenbesitzer hatten schon Schlange gestanden, als er am Vormittag ins Büro gekommen war. Sie brachten alle die gleiche Beschwerde vor: Elektronisches Heimshopping und Bankservice hatten sie an den Rand des Ruins gebracht.

„Wir müssen noch einige wichtige Entscheidungen treffen", erklärte Mike Benson, als sein Assistent den Raum verlassen hatte.

Er und seine Partner diskutierten über die Sicherheitsvorkehrungen für die Wahl. Da das gleiche Zwei-Kanal-Video-System, an dem Heimshopping und Bankservice hingen, dazu benutzt werden sollte, die Wählerstimmen zu registrieren, schien sich eine Riesenkatastrophe anzubahnen.

„Jetzt bleibt zu überlegen, welche anderen Möglichkeiten wir haben", meinte Mr. Benson am Ende der Besprechung. „Wie geht es eigentlich mit dem Aufbau des Ersatzsystems voran?"

„Ein paar Stunden brauchen wir schon noch. Wir haben stellenweise ziemliche Schwierigkeiten. Ohne Bauplan kommen wir nur langsam voran", berichtete einer der Monteure. „Dieselbe Rechenleistung wie mit unserer alten Anlage werden wir zwar nicht haben, aber es wird schon gehen."

Zwei Stunden später erschien Tom.

„Also hast du meine Nachricht bekommen", sagte sein Vater erleichtert.

„Mrs. Powell ist rübergekommen und hat es mir gesagt. Was ist los?"

Mr. Benson nahm seinen Sohn beiseite. „Ich wollte die Leute dort nicht in Verlegenheit bringen", erklärte er und deutete auf eine Gruppe Monteure, die in der Nähe arbeiteten. „Aber irgendwie kommen sie mit deinem Werkstattaufbau nicht zurecht. Könntest du ihnen weiterhelfen?"

Der Junge war überglücklich. „Warum hast du mir nicht gleich gesagt, daß ich mit aufbauen soll?"

„Du kennst doch die Sicherheitsbestimmungen. Aber jetzt geht's eben nicht ohne dich."

Tom machte sich an die Arbeit. Eine Stunde später war alles angeschlossen.

„Nur meine EDV-Piratenfalle fehlt noch", sagte er sich.

Toms zuletzt erstelltes Computerprogramm befand sich noch zu Hause. Er würde noch einmal daheim vorbeischauen und das entsprechende EPROM holen müssen, bevor die Stimmabgabe losging. Sobald er diesen Baustein mit dem CREX-plus verbunden hatte, war seine „Piratenfalle" supersicher: Dieses vor fremden Zugreifen gesicherte Programm stellte eine Einrichtung dar, die den System-Manipulator unwirksam machte.

Zumindest ist das meine Theorie, sagte er sich. Er wagte es nicht, jemand von seiner neuen Entwicklung zu erzählen, bevor er sie erfolgreich getestet hatte. „Und dazu muß ich warten, bis Crandles und Smyth den S. A. M. benutzen", murmelte er. Tom war sicher, daß sie das tun würden: Am nächsten Tag fand ja die Wahl statt!

„Schon fertig?" fragte Mike Benson erstaunt.

Tom grinste. „In einer vollen Stunde läßt sich nun mal 'ne Menge erledigen."

Im Wahlkampfbüro der Bürgermeisterin war die gesamte Belegschaft mit den Vorbereitungen für die Wahlparty beschäftigt. Unterhaltungskünstler, Tanzmusik, Erfrischungen, Luftballons, Anstecknadeln – für alles mußte gesorgt werden. Auf dieser Veranstaltung würde Mrs. Griffin zum letztenmal Gelegenheit haben, mit ihren Anhängern zusammenzukommen.

„Ich möchte zusammen mit den Einladungen unbedingt noch eine persönliche Mitteilung an alle unsere Anhänger und die unentschiedenen Wähler schicken", erklärte die Bürgermeisterin.

„Gute Idee, aber ist es dafür nicht schon zu spät? Die Wahlparty findet doch schon in ein paar Stunden statt."

Die Bürgermeisterin deutete auf den Computerraum. „Und unser Datenspeicher?"

Der Computer würde jeden Namen in einen Standardbrief einsetzen und diesen per Telepost direkt in die Häuser der Wähler schicken.

„Auf die Art können wir fünftausend Nachrichten pro Stunde herausgeben", berichtete Mona. Man hatte sie und den Mann, der die EDV unter sich hatte, aus dem Datenarchiv geholt.

„Ich hätte noch gerne einen Zusatz", grübelte Gwen Griffin vor sich hin. „Etwa so: ‚Ihre Teilnahme an der ersten elektronischen Wahl unserer Nation beweist, daß die Zukunft bereits begonnen hat. Machen Sie den nächsten Schritt nach vorn mit einer Stadtverwaltung, die Ihre Interessen wahrnimmt!' Wie klingt das?"

„Ein bißchen langatmig, aber es wird schon gehen", sagte eine ihrer Assistentinnen.

Die Bürgermeisterin bemerkte wohlwollend die rege Geschäftigkeit, die um sie herum herrschte. Fremde Passanten halfen die Wagen mit den Getränken, Ballons und so weiter zu beladen. Alle freuten sich auf die Party, die den Höhepunkt des Wahlkampfes bilden sollte.

Die Stimmung im Crandles-Wahlkampfbüro war äußerst gedrückt. Alles hing lustlos herum, den Mitarbeitern fehlte es an jeglichem Ansporn.

„Es interessiert sich ja sowieso niemand für unsere Vorschläge", beklagten sich einige der jüngeren Wahlhelfer.

„Mir kommt es vor, als ob sie uns wie „Maschinen behandeln", sagte ein anderer. „Wenn sie uns nicht brauchen, scheren sie sich keinen Pfifferling um uns."

Ted Smyths Verhalten trug zu der allgemeinen Mißstimmung bei. Der silberhaarige Mann wirkte mit einemmal völlig abwesend. Er blieb nicht mehr wie früher stehen, um sich mit seinen Mitarbeitern zu unterhalten, sondern marschierte geradewegs in sein Büro und machte die Tür hinter sich zu. Niemand konnte sich sein verändertes Verhalten erklären.

„Ich hab so viel Arbeit in diese Sache gesteckt – jetzt halte ich auch bis zum Schluß durch", sagte Rick zu ein paar seiner Kollegen.

Sie gaben ihm recht. Außerdem waren sie sich sicher, daß ihr Kandidat bereits einen beträchtlichen Vorsprung hatte.

In der Zwischenzeit machte der Systembediener eine überraschende Entdeckung. Zuerst glaubte er, das Problem liege an der Stromversorgung. Er ließ noch ein paar Tests laufen, die Ergebnisse waren wieder negativ. Völlig verstört stürzte er aus dem Computerraum.

„Alles weg – wir haben alles verloren", keuchte er.

Rick sprang von seinem Schreibtisch auf, um den Mann am Fallen zu hindern. Alle kamen zu ihnen herüber und umringten sie.

„Was haben wir verloren?" fragte Rick.

„Unsere ganzen Programme, Wählerverzeichnisse, Mitgliederunterlagen, sämtliche Bankdaten", kreischte der Mann. „Aber es war nicht mein Fehler! Ich bin nicht schuld daran, ich schwöre es!"

Sein Schrei durchschnitt die Luft. Unzählige Überstunden, das ständige Starren auf die winzigen Zahlen auf den flimmernden Monitoren hatten seinen Zusammenbruch verursacht.

Ted Smyth riß die Tür zu seinem Büro auf. „Ruhe, dort draußen!"

„Schnell, kommen Sie, Mr. Smyth!" rief Rick ihm zu.

„Wozu? Ich bin gerade in einer Video-Konferenz."

Rick erklärte, was passiert war.

„Na und? Ist das alles?" bellte Smyth.

Er schlug ihnen die Bürotür vor der Nase zu. Dem Wahlkampfleiter schien es ziemlich egal zu sein, ob das System funktionierte oder nicht.

„Total-Absturz!" verkündete Mona.

„Das gibt's doch nicht! Gerade jetzt, wo wir's unbedingt brauchen!"

Der EDV-Leiter warf einen Blick auf den Bildschirm. „Sie haben recht. Das System ist tatsächlich zusammengebrochen, verdammt! Unser ganzer Datenbestand ist gelöscht."

Sie verständigten sofort Mrs. Griffin. Alle waren sich darüber im klaren, welche schwerwiegenden Folgen der Ausfall des Systems gerade zu diesem Zeitpunkt hatte. Die „persönliche Mitteilung" der Bürgermeisterin konnte jetzt nicht herausgegeben werden, um die unentschiedenen Wähler zu erreichen, was gerade am Vorabend der Wahl sehr wichtig gewesen wäre.

„Und was ist mit unserer Wahlparty?"

Da sich sämtliche Einzelheiten für die Veranstaltung ebenfalls im Datenspeicher befunden hatten, würde nichts anderes übrigbleiben, als sie abzusagen. Die Bestellungen für Essen und Getränke, die Einteilung der Saalordner, der Zeitplan für die auftretenden Künstler, sogar die Einzelheiten des Feuerwerks: alles, was im Computer gespeichert worden war, war verschwunden.

Inzwischen hatten sie erfahren, daß sich in Crandles' Wahlkampfbüro eine ähnliche Katastrophe ereignet hatte. Dadurch wurden ihre Probleme aber auch nicht gelöst.

Gwen Griffin lief nervös im Büro auf und ab: „Gibt es überhaupt keine Möglichkeit, die ganzen Daten wieder herzukriegen?"

Mona überraschte alle mit ihrem Ausruf: „Doch! Mr. Chips kann uns aus der Patsche helfen."

Der Wahltag

„Endlich ist es soweit – heute wird gewählt! Und zwar elektronisch. Die Augen der Nation sind auf Stanton gerichtet..."

Der Satelliten-Nachrichtendienst war für die Berichterstattung dieses historischen Ereignisses zuständig. Reporter, Journalisten und Politiker sprachen über die Auswirkungen, die diese Wahl für das gesamte Land haben würde.

„Die elektronische Wahl wird grundsätzliche Veränderungen in der Demokratie bewirken! Heute beginnt ein neues Zeitalter..."

Arthur Crandles und Ted Smyth saßen auf dem Rücksitz der Limousine und sahen sich die Reportage an. Der TV-Bildschirm war in einem Sockel eingebaut, in dem sich ebenfalls eine Miniatur-Computeranlage befand. Drucker, Diskettenlaufwerke, Funkgerät, Bildtelefon und eine tragbare Tastatur vervollständigten die reichhaltige Ausstattung des Wagens.

Ein Reporter berichtete über die Ereignisse des Vortages: „...trotzdem fand die Wahlparty der Bürgermeisterin wie geplant statt. Sie war ein großer Erfolg. Tausende ihrer Anhänger hatten sich dazu eingefunden. Dabei war es ein Glücksfall, daß diese Veranstaltung überhaupt stattfand. Ein plötzlicher Zusammenbruch im Datensystem hätte um ein Haar verhindert, daß die Einladungen verschickt werden konnten..."

„Verdammtes Pech, jetzt hat es bei denen trotzdem geklappt", murmelte Crandles.

„Wie die das bloß angestellt haben?" sagte Smyth kopfschüttelnd.

„...bis dieses ‚Geschöpf' auf der Bildfläche erschien", fuhr der Reporter fort. Eine Aufnahme zeigte Mr. Chips, der über ein Kabel mit einem Bildtelefon-Apparat verbunden war. „...Stantons jüngster Erfinder, Tom Benson, kam mit seinem Roboter zu Hilfe. Beschreiben Sie doch bitte, was als nächstes geschah."

Mona Powell erschien auf dem Bildschirm. „...habe ich unsere sämtlichen Disketten in Toms Werkstatt kopiert und, um sie sicher aufzubewahren, hier drinnen untergebracht." Sie schob die vordere Abdeckplatte des Roboters zur Seite und demonstrierte, wie der Musikboxspeicher funktionierte. „Um das gestörte Telepost-System zu umgehen, hat sich Mr. Chips direkt in den Bildtelefon-Kanal eingeschaltet. Es ging zwar nicht so schnell wie mit unserer üblichen Methode, aber er hat es immerhin noch auf zweitausend Übertragungen pro Stunde gebracht."

„*Nur*" zweitausend pro Stunde?" rief der Reporter erstaunt. „Aber das ist doch eine Menge!"

„Verflucht!" murmelte Crandles und schaltete den Fernseher ab.

Die Männer beratschlagten, was sie als nächstes unternehmen sollten. „Wir machen alles wie geplant", entschied Smyth. „Was ist schon dabei, wenn sie einen Roboter daherbringen, der Adreßlisten ausspuckt... Vergiß nicht, Arthur, daß unsere Jungs bei dem Anschlag auf die Bendatacon gute Arbeit geleistet haben. Ich wette, bei denen funktioniert inzwischen noch nicht einmal das elektrische Licht."

Der Bürgermeisterkandidat lächelte. „Das stimmt. Die gesamte Rechenanlage ist im Eimer, während wir unseren S. A. M. haben."

„Glückwunsch, Herr Bürgermeister!" Sie lachten beide.

Mit Elmo als Chauffeur fuhr die weiße Limousine zum Altersheim von Stanton, wo das Wahltag-Frühstück geplant war. Es sollte keine großartige Veranstaltung werden: Arthur Crandles würde sich lediglich bei Kaffee und Kuchen mit den älteren Mitbürgern unterhalten. Daher hatte sich auch nur ein Reporter eingefunden, der mit ein paar Kameramännern in der Nähe stand.

„Alt und neu treffen hier aufeinander", flüsterte Smyth dem Reporter zu. „Viele dieser Leute waren schon auf der Welt, bevor das Fernsehen überhaupt erfunden wurde. Und jetzt schütteln sie einem Kandidaten die Hand, der durch eine elektronische Wahl zum Sieg gelangen wird."

Ted Smyth hatte wieder einmal seine Fähigkeiten als Wahlkampfleiter unter Beweis gestellt. Als die Sendung anfing, wiederholte der Reporter seinen Ausspruch Wort für Wort. Arthur Crandles strahlte übers ganze Gesicht, während er lächelnd und händeschüttelnd die Bewohner des Altersheims begrüßte.

„Ausgezeichnet! Das macht sich auf dem Bildschirm sicher gut", murmelte Ted Smyth.

Rick Powell war unter den Wahlhelfern, die diese Veranstaltung organisiert hatten. Er verteilte jede Menge Ansteck-nadeln und machte sich auch sonst nützlich.

„Ich hab gestern zufällig deine Schwester in den Nachrichten gesehen“, erzählte Smyth ihm später. „Dieser Roboter ist ja eine tolle Sache.“

„Toms Lieblingsspielzeug. Er entwickelt jeden zweiten Tag etwas Neues.“

Der Junge weiß zuviel! schoß es Smyth durch den Kopf. Zum Schluß bringt er uns noch unsere Pläne durcheinander... Wir müssen ihn gut im Auge behalten!

Sobald das Treffen zu Ende war und Crandles sich händeschüttelnd verabschiedet hatte, stiegen er und sein Wahlkampfleiter wieder in die weiße Limousine. Smyth rief Rick zu sich.

„Komm doch mit und schau dir mit uns die Wahlergebnisse an.“

„Jetzt ist es soweit!“

Der Tag der Wahl war da. Monatelange Planung und Plackerei sollten jetzt Früchte tragen. Die Bendatacon-Mannschaft hatte ein Ersatzsystem auf die Beine gestellt. Was bei dem Einbruch zerstört worden war, war jetzt, wenn auch notdürftig, wieder aufgebaut worden.

„Wir verfügen zwar nicht über unsere gewohnte Leistung, aber mit dieser Hilfsanlage werden wir das Ganze schon schaffen“, erklärte Mike Benson seinen Angestellten.

Nach diesen aufmunternden Worten gingen die Programmierer an ihre Plätze. Sie mußten auf Campingstühlen sitzen, ihre gewohnten Drehstühle waren noch in Reparatur. Die Monitoren, die sie zur Verfügung hatten, waren von einem nahegelegenen Video-Geschäft ausgeliehen worden. Sämtliche Computer, Modems, Laufwerke und Drucker stammten aus Privathaushalten und diversen Läden.

Tom hielt sich im Hintergrund und sah den Programmierern und Operatoren bei der Arbeit zu. Er hatte die Aufgabe, bei Bedarf ausgefallene Apparate zu repararieren.

WAHLBEGINN IN EINER STUNDE, erschien auf dem Bildschirm.

Das war der Zeitpunkt, an dem der Heimshopping- und Bank-Service gestoppt werden würde. Statt dessen sollten dann die einzelnen Punkte des Referendums erscheinen, anschließend die Aufstellung der Kandidaten für den Stadtrat. Die Liste für die Bürgermeisterwahl sollte erst zum Schluß gesendet werden.

„Los, wir testen noch mal das Referendum-Programm", rief einer der Spezialisten.

Ein Programmierer am anderen Ende des großen Büros tippte den REF-Code ein. Zwanzig Fragen erschienen auf dem Bildschirm.

„Testen Sie jetzt Position acht und siebzehn."

Diese Fragen betrafen die Neuregelung der Flurbereinigung und die Errichtung neuer Kindertagesstätten. Der Programmierer gab Testdaten für fünfzig Wähler ein, drückte die Freigabe-Taste und wartete auf die Resultate.

Sekunden später ertönte der triumphierende Schrei: „Das System funktioniert!"

In Stanton hatte die Zukunft begonnen.

Jetzt kann es nicht mehr lange dauern, sagte sich Tom. Er ging zu dem CREX-plus und öffnete die Abdeckplatte, hinter der sich die EPROM-Sockel befanden.

„Was machst du da, Tom?"

„Ich muß dafür sorgen, daß meine ‚Falle' funktioniert."

„Welche Falle? Los, sag schon, was hast du wieder ausgeheckt!"

„Ehm, na ja, eine EDV-Piraten-Falle. Um den S. A. M. außer Gefecht zu setzen."
„Aber wie soll das vor sich gehen?"
„Indem man überprüft, ob die Signale, die von hier aus an die Heimcomputer gehen, mit den Daten-Eingängen übereinstimmen. Wo das nicht der Fall ist, muß der S. A. M. in Betrieb sein", erwiderte der Junge. „Auf die Art finden wir heraus, wo sich der Apparat befindet."
„Sogar die genaue Adresse..."
Plötzlich schien die Sicherheit der Wahl garantiert! Für Mike Benson war das der glücklichste Augenblick der ganzen Woche.
„Besuch für Sie, Mr. Benson", meldete die Sekretärin.
„Tut mir leid, zur Zeit darf niemand hier rein."
„Aber er besteht darauf", ertönte die Stimme aus der Sprechanlage. „Es ist ein Mr. Higgins."
Der Ermittlungsbeamte der Luftfahrtbehörde wurde hereingeführt. Tom erriet, daß sich etwas Einschneidendes ereignet hatte. Er behielt recht. Higgins holte einen Mikro-Kassettenrekorder aus der Tasche.
„Wir haben etwas herausgefunden, was Sie bestimmt interessieren wird", erklärte er. „Nach Toms Behauptung, daß er einen S. A. M. gesehen hätte, und der Polizeirazzia haben wir beschlossen, wieder ganz von vorne anzufangen und sämtliche Informationen, die den Flugzeugabsturz betreffen, zu überprüfen."
Mr. Benson warf Tom einen Blick zu. Er fragte sich, was das Ganze zu bedeuten hatte. Higgins steckte die Kassette in den Rekorder.
„Das ist die Aufzeichnung des Notrufs, den der Kontrollturm auffing, bevor das Flugzeug notlandete."
...Reserveschub negativ... Sam an Bord! Wiederhole...

Sam an Bord... Holt uns...

Higgins betätigte die Review-Taste und ließ das Band ein Stück weit zurücklaufen.

...Sam an Bord! Wiederhole: Sam an Bord...

„Ich bin mir völlig sicher, daß damit der S. A. M. gemeint ist", erklärte der Ermittlungsbeamte. „Der Pilot wollte seinen Komplizen am Boden Bescheid geben, daß er den Apparat an Bord hatte."

„Jetzt versteh ich", antwortete Mike Benson.

„Uns ist auch klar, welche Folgen der Einsatz dieses S. A. M. haben kann", setzte der Inspektor hinzu.

Aus dem Computerraum erklang ein Schrei: „Die Wahldaten kommen rein!"

Der schwarze Behälter stand auf dem Boden, neben ihm das Gerät, das die Sicherheit der Wahl bedrohte. Der S. A. M. ähnelte einem alten Mikrowellenherd, den man aufgemacht hatte und der mit einer Anzahl Drehknöpfe, Schalter, Digitalanzeigen und einem Oszilloskopschirm sowie einem Plasmadisplay versehen war. Das Herzstück dieses Apparates bildete ein Sende-Empfangs-Gerät. Unter einer eingebauten Tastatur befanden sich vier zusätzliche kleinformatige LCD-Monitoren.

„Sieht eigentlich ziemlich harmlos aus", meinte Arthur Crandles.

„Nur solange er nicht in Betrieb ist", erwiderte Smyth.

Die zwei Spezialisten, die den S. A. M. bedienten, gesellten sich zu ihnen; sie waren auch diejenigen, die ihn heimlich ins Land gebracht hatten.

„Wo ist der Junge?" fragte einer von ihnen.

„Draußen", ertönte Elmos Stimme aus dem Nebenzimmer. „Er spaziert herum."

„Der macht uns keine Schwierigkeiten", sagte der Silberhaarige.

Auf einem Farbfernseher in einer Ecke des Zimmers erschienen die Referendumslisten. Die zwei Spezialisten warteten auf Anweisungen.

„Sobald die Fragen Nr. 14 und 18 auftauchen, lassen Sie sie mit etwa zehn bis fünfzehn Prozent Vorsprung gewinnen", befahl ihnen Smyth. „Aber variieren Sie ein bißchen. Schließlich wollen wir keinen Verdacht erregen."

Die Männer schlossen den S. A. M. über ein Glasfaserkabel an. Jetzt konnten sie die Wählerstimmen beliebig manipulieren.

„Erklären Sie mir's noch mal", bat Crandles. „Ich möchte genau wissen, wie dieses Ding funkioniert. Schließlich geht es ja um meinen Sieg!"

„Jeder Wähler hat einen persönlichen Berechtigungs-Code zugeteilt bekommen", begann einer der Spezialisten. „Diesen PBC haben wir über den Heimshopping- und Bank-Service herausbekommen."

„Dazu haben wir den ersten S. A. M. benutzt, aber der hat nicht so richtig funktioniert. Er hat die Telepost- und Heimshopping-Speicher durcheinandergebracht. Deshalb haben wir den zweiten Apparat hergeholt, der über eine neuere Technik verfügt. Wir heben uns eben das Beste für zuletzt auf."

Sein Kollege fuhr fort: „Also, wenn jemand seinen PBC daheim eintippt, kontrolliert der Computer bei der Bendatacon zuerst, ob der Code stimmt, dann macht er einen Platz für ihn frei, damit der Wähler seine Stimme abgeben kann. Er sendet also ein READY-Zeichen an den Heimcomputer."

„Genau da schaltet sich der S. A. M. ein. Er sendet das READY-Zeichen, aber tauscht dieses System", er deutete auf die Digitalanzeigen, „gegen dasjenige aus, das der Wähler daheim benutzt. Die betreffende Person kann eingeben, was sie will – es kommt immer das heraus, was wir eingeben!"

„Also können Sie uns mit einem Riesenvorsprung gewinnen lassen? Oder auch nur um Haaresbreite?"

Die beiden Fachleute nickten.

Arthur Crandles sah sich bereits im Bundeskabinett.

Rick Powell wanderte weiter auf dem Gelände herum.

Richtig schön hier, dachte er.

Eine Zeitlang spielte er mit den Apparaten im hinteren Teil der Limousine herum, dann wurde er unruhig. Er wäre gern ins Haus gegangen, aber die beiden fremden Männer, die er dort gesehen hatte, flößten ihm Unbehagen ein. Was gab es sonst noch zu tun?

Ich könnte mir mal die Scheune anschauen, überlegte er.

Der alte Schuppen stand etwa dreißig Meter vom Hauptgebäude, das sorgfältig renoviert war, entfernt, und sah aus, als ließe man ihn seit Jahren einfach verfallen. Von außen wirkte er völlig baufällig. Rick konnte sich nicht vorstellen, daß jemand auf die Idee kommen könnte, ihn zu benutzen.

Warum ist dann aber dieses riesige Vorhängeschloß an der Tür? fragte er sich.

Seine Neugier war nicht mehr zu bremsen. Es gelang ihm, zwei lose Bretter aus einer der Seitenwände herauszureißen und sich durch die so entstandene Öffnung hindurchzuzwängen.

Im Innern fand er ein paar Heuballen vor und altes Landwirtschaftsgerät, das verstreut herumlag. Eine Zeltplane erregte seine Aufmerksamkeit. Sie bedeckte zwei riesige Holzkisten, wie man sie zum Versand verwendet.

Was die hier wohl lagern? fragte er sich.

Er lüftete die Plane. Auf den Holzkisten stand etwas in einer fremden Sprache. Rick konnte die Worte nicht entziffern, aber er wollte unbedingt wissen, was sie bedeuteten. Er hob den Deckel von einer der Kisten auf.

„Donnerwetter!“ Er stieß einen Pfiff aus.

Die Kiste war bis oben hin voller mattschimmernder elektronischer Bauteile! Rick wurde mit einemmal klar, daß er Schmuggelware vor sich hatte.

Eine hastige Überprüfung der anderen Kisten überzeugte ihn vollends. Hardware für Medizin, Wissenschaft, Industrie und Militärzwecke lag dort zum Versand bereit. Rick hatte keine Ahnung, was mit den ganzen Apparaten geschehen würde, aber es war ihm klar, daß er sofort Inspektor Higgins verständigen mußte.

Die Limousine fiel ihm ein. Dort ist doch ein Funkgerät!

Er zog die Zeltplane gerade und achtete darauf, daß alles wie zuvor aussah. Dann zwängte er sich wieder durch die Öffnung in der Wand.

Plötzlich fiel ein Schatten über ihn. Bevor Rick aufschreien konnte, spürte er einen dumpfen Schlag. Dann verlor er das Bewußtsein.

„Hat sich schon was getan?“

„Scheint alles normal.“

„Und bei euch drüben?“

„Auch. Soweit man heutzutage noch von normal sprechen kann.“

Die Wahldaten erschienen auf den Kontrollbildschirmen. Von einem Ende des Büros zum anderen riefen sich die Programmierer ihre Kommentare zu. Der gefürchtete Eingriff in das Wahlprogramm ließ auf sich warten.

„Vielleicht haben sie's mit der Angst zu tun bekommen", sagte Tom.

„Oder sie warten", schlug sein Vater vor.

Er beobachtete das Geschehen auf drei Video-Bildschirmen in seinem Büro. Tom saß neben ihm. Er verzehrte gerade den Rest seines Mittagessens.

„Wer weiß? Vielleicht haben wir Glück und es passiert überhaupt nichts."

Die Tür ging auf, und Bensons beide Partner kamen herein.

„Das Referendum ist bereits über die Bühne gegangen, jetzt fängt die Stadtratswahl an", berichteten sie. „Aber könnten Sie sich das erst mal anschauen?" Sie deuteten auf den Mikrocomputer.

Alle scharten sich um den CREX-plus. Die Buchstaben EPF blinkten in einer Ecke des Bildschirms.

„Es hat geklappt!" rief Tom aufgeregt. „Das ist das Kennungszeichen für meine EDV-Piraten-Falle!"

„Aber es erscheint nur bei Position vierzehn und achtzehn", stellte sein Vater fest.

„Vielleicht haben sie ihren S. A. M. nur an diesen Stellen eingesetzt."

Der Junge machte sich an die Arbeit, während die Erwachsenen um ihn herumstanden. Da dieses fremde Programm ohne ihr Wissen aktiviert worden war, konnten sie bloß gespannt abwarten, ob etwas geschah. Mike Benson jedoch war in Toms Strategie eingeweiht.

„Jetzt... gleich... hier ist es!"

Der Junge seufzte erleichtert, als der CREX-plus die Eingaben endlich durchgecheckt hatte. Er deutete voll Stolz auf die Adresse, die auf dem Bildschirm erschien.

„Von dort aus wird der S. A. M. betrieben."

*

„Der Hubschrauber ist da!“ schrie Elmo.

„Los, schnell“, brüllte Ted Smyth, um den Lärm des herannahenden Helikopters zu übertönen.

„Hier ist noch eine Kiste!“ rief Crandles von der Hintertür aus.

„Wir haben keinen Platz mehr“, schrie Smyth zurück. „Mehr bringen wir nicht unter.“ Er deutete auf die beiden riesigen Kisten, die in der Nähe standen. Die Zeltplane war weggezogen worden; Klebe-Etiketten auf den Boxen gaben ihren Bestimmungsort an – sie sollten in ein feindliches Land geliefert werden.

„Was machen wir mit ihm?“ fragte Elmo.

Rick Powell lag bewußtlos auf dem Planenhaufen. Ein Blutgerinnsel an seinem Kopf zeigte, wo er den Schlag erhalten hatte.

„Wir nehmen ihn mit“, erklärte Smyth kurz angebunden. „Mit Geiseln lassen sich gute Geschäfte machen.“

Der Hubschrauber setzte bereits zur Landung an, während Smyth und seine Komplizen in rasender Eile alles vorbereiteten, um die Schmuggelware einzuladen, bevor die Passagiere an Bord gingen. Ohne sich um Ricks Zustand zu kümmern, versuchte Elmo, ihn wachzurütteln. Der Junge verdrehte die Augen und stöhnte.

Eine Staubwolke wirbelte um das Haus, als der Helikopter endlich den Boden berührte. Die Männer mußten sich die Augen zuhalten.

Genauso war es vorgesehen.

„Hände hoch!“

Ein Trupp Polizisten stürmte aus der Maschine, automatische Schnellfeuerwaffen im Anschlag. Sie stürzten sich auf die Ganoven und warfen sie zu Boden. Als die Rotorblätter langsamer wurden, sprangen Sergeant Dalby, Mr. Higgins,

Tom und Mike Benson aus dem Laderaum.

Rick Powell zuckte zusammen, als er ihre Stimmen hörte. Er schlug die Augen auf und sah Tom, der sich über ihn beugte.

„Weißt du was?" flüsterte Rick mühsam.

„Was?" fragte Tom.

„Mir ist jetzt klar, wer nicht gewinnt."

Tom lächelte seinem Freund zu und half Mr. Benson, ihn in den Hubschrauber zu tragen.

Die Polizisten hatten inzwischen den fünf Verbrechern Handschellen angelegt. Tom warf Ted Smyth und Arthur Crandles einen vernichtenden Blick zu.

„Mit dem Wahlsieg ist's jetzt wohl vorbei. Dafür bekommen Sie beide etwas, was sie wirklich verdienen – zehn Jahre."

Sergeant Dalby und Mr. Higgins hoben den Deckel von einer der Kisten, um die Schmuggelware zu untersuchen.

„Zehn Jahre?" riefen sie einstimmig. „Wie wär's denn mit zehn mal zehn Jahren!"

Nachlese

Die Wahlergebnisse wurden Sekunden, nachdem die Stimmabgabe abgeschlossen war, bekanntgegeben. Es gab einen spektakulären Sieg, aber anders als Crandles und Smyth geplant hatten.

BUERGERMEISTERIN GWEN GRIFFIN IM AMT BESTAETIGT, hieß es auf den Monitoren.

Mit überwältigender Mehrheit hatten die Einwohner von Stanton die Person gewählt, deren Erfolge in der Vergangenheit ihnen eine bessere Zukunft sicherte. Viele kamen zu der Feier in ihrem Wahlkampfbüro.

„Ein ehrlicher Sieg“, sagte Mona, als sie Tom sah. „Wir haben zu Recht gewonnen!“

Er stimmte ihr zu. Später am Abend wurde in den Nachrichten gezeigt, welche Rolle er gespielt hatte, um diese erste elektronische Wahl von Manipulation freizuhalten.

Rick bahnte sich einen Weg durch die Menge, um zu ihnen zu gelangen. Er hatte das blonde Mädchen bei sich, mit dem er auf der Party in der Crandles-Villa getanzt hatte.

Das Mädchen berichtete: „Man hat uns von außerhalb hergeholt, insgesamt zehn Leute, und uns gesagt, daß wir Unruhe stiften sollten, Wähler daheim belästigen, diese scheußlichen Fotos von der Bürgermeisterin verteilen, behaupten, daß wir für sie arbeiten, und dann die Leute beleidigen... Eigentlich ganz schön gemein.“

„Schmutzige Tricks“, erklärte Tom.

„Wir sollten eine Menge Geld dafür bekommen. Aber dann stellte sich heraus, daß die Schecks, die Smyth uns gegeben hat, nicht gedeckt waren, und damit war das Ganze natürlich gelaufen.“ Das Mädchen seufzte. „Ich hab mich von Anfang an nicht wohl gefühlt dabei. Hätte ich nur die Finger davon gelassen!“

Sie nickte ihnen noch kurz zu und verschwand dann in der Menge.

„Nicht gerade mein Typ“, sagte Rick. „Aber ich wollte, daß ihr aus ihrem Mund hört, mit welchen Tricks Crandles und sein Wahlkampfleiter gearbeitet haben.“

Sie waren alle heilfroh, daß das Wettrennen vorbei war. Die Politik brachte anscheinend Seiten in einem zutage, die vielleicht besser geruht hätten. Trotzdem war das, was die drei bei diesem Wahlkampf erlebt hatten, eine wichtige

Erfahrung für sie. Sie hatten gesehen, wie Demokratie funktionieren kann, eine Erfahrung, von der sie später, wenn sie selbst wählen durften, noch profitieren würden.

„Aber ist eurer Ansicht nach eine Bundeswahl, die per Computer durchgeführt wird, sicher genug?“ überlegte Mona laut.

„Jedes System hat seine Vor- und Nachteile. Auch die bisherige Methode, bei der die Leute zur Wahlurne gehen mußten, war nicht hundertprozentig sicher“, erwiderte Tom.

„Was ist dann der Vorteil der Computer-Wahl? Einfach, daß es schneller geht?“

„Das Hauptproblem war doch bisher, die Leute aus ihren Häusern in die Wahllokale zu kriegen. Die meiste Zeit lag die Wahlbeteiligung bei etwa sechzig Prozent. Das bedeutete, daß theoretisch eine Regierung an die Macht kommen konnte, die nur einunddreißig Prozent der Bürger hinter sich hatte.“

„Entschuldigungen wie ‚Das Wetter war zu schlecht, um aus dem Haus zu gehen‘ oder, ‚Ich wußte nicht , wo das Wahllokal war‘ oder ‚Ich hab's einfach vergessen‘ sind jetzt hinfällig geworden“, warf Rick ein. „Eigentlich ist es eine Schande, daß in unserem freien Staat, in dem die Leute das Recht haben, zu wählen, so wenige davon Gebrauch machen. Dabei gibt es Länder, wo die Leute ihr Leben riskieren, wenn sie sich für freie Wahlen einsetzen.“

„Hier bei uns bleibt es den einzelnen überlassen, ob sie von ihren politischen Rechten Gebrauch machen wollen oder nicht – woanders haben die Leute keine Wahl... und keine Freiheit“, erklärte Tom.

„Ach, ich finde, wir müssen wirklich dankbar sein, daß wir in einem freien Land leben“, murmelte Mona.

Um sie herum wurde lautstark gefeiert. Mrs. Griffin

bedankte sich gerade bei ihren freiwilligen Wahlhelfern. Bald war sie auch bei dem Trio angelangt.

„Mona, du hast wirklich tolle Arbeit geleistet! Und vielleicht schaffst du es das nächste Mal auch, deinen Bruder zu überzeugen." Sie lachte. „Und nochmals danke, Tom, daß wir deinen Roboter benutzen durften. Falls Mr. Chips einen Job in der Stadtverwaltung sucht..."

Die jungen Leute wünschten ihr weiterhin viel Erfolg.

Aber die Bürgermeisterin war noch nicht fertig.

„Ich hätte gern, daß ihr zur Eröffnungssitzung des Stadtrats kommt", erklärte sie.

Als der CREX-plus in die Werkstatt zurückgebracht wurde, begann Tom Benson sich wieder einigermaßen normal zu fühlen. Sein Vater half ihm, die verschiedenen Geräte aufzubauen und anzuschließen.

„Was passiert eigentlich mit dem S. A. M.?" fragte Tom, während sie bei der Arbeit waren. „Könnten wir den vielleicht kriegen?"

Mike Benson lächelte und schüttelte den Kopf. „Ganz bestimmt nicht! Er ist von der Regierung beschlagnahmt worden. Er soll bei der Verhandlung gegen Crandles und Smyth als Beweisstück eingesetzt werden. Danach wird er wahrscheinlich in einer Sicherheitsbehörde der Bundesverwaltung weiterverwendet."

Schade, dachte Tom. Mit einem so wertvollen Gerät wüßte ich sicher viel mehr anzufangen... Er sagte jedoch nichts, da er in dieser Angelegenheit sowieso keinen Einfluß hatte.

„Weißt du, Pa, ich bin froh, daß du mich nicht von Anfang an bei den Vorbereitungen für das Wahlprogramm eingesetzt hast."

Sein Vater warf ihm einen erstaunten Blick zu.

„Wenn ich nämlich nicht an diesem Heimshopping-System herumgebastelt hätte, wäre ich nie darauf gekommen, was sich da alles im Hintergrund abspielt.

„Da hast du allerdings recht. Letzten Endes sind wir diesen Ganoven nur auf die Schliche gekommen, weil ihr erster S. A. M. die System-Speicher durcheinandergebracht hat. Nur gut, daß du gleich geschaltet hast!"

„Dafür werde ich ja schließlich bezahlt, stimmt's?"

Sein Vater grinste. „Schon gut. Ich laß dir dein Gehalt auf dein Konto überweisen. Plus eine Sondervergütung für besondere Leistungen. Was ist, reicht dir das etwa nicht?" Mike Benson wunderte sich, da Toms Gesichtsausdruck keine reine Freude verriet.

„Ich hätte noch 'ne Bitte, Pa; könntest du mir die Knete einfach mal in bar auf die Hand geben, so wie in der guten alten Lohntütenzeit?" Beide lachten.

Mona erschien in der Tür. Mr. Benson verabschiedete sich und ließ die beiden jungen Leute allein.

„Sieht ja aus wie immer", erklärte Mona, nachdem sie sich in der Werkstatt kurz umgeschaut hatte.

„Das gestern abend war übrigens eine tolle Party", sagte Tom. „Und diese Mrs. Griffin ist wirklich Spitze."

„Das finde ich auch. Hast du übrigens schon gehört, was den System-Absturz im Crandles-Wahlkampfbüro verursacht hat, genau zur gleichen Zeit, als bei uns alles zusammengebrochen ist? War alles nur gestellt – sie wollten keinen Verdacht aufkommen lassen."

Tom hatte den Eindruck, daß Mona sich immer noch viel zu sehr mit dem Wahlkampf beschäftigte.

Sie muß wieder lernen, richtig abzuschalten, sagte er sich und stand von seinem Drehstuhl auf.

„Wie wär's mit einem Sandwich im *Big Byte*?" schlug er vor.

„Gute Idee! Komm, wir sagen Rick Bescheid. Nach den ganzen Aufregungen haben wir alle ein gutes Essen verdient."

„... im Namen aller Einwohner von Stanton danke ich Ihnen, Tom Benson. Sie haben es ermöglicht, daß in unserer Stadt doch noch eine freie und demokratische Wahl abgehalten werden konnte."

Während die Zuschauermenge vor dem Podium applaudierte, übergab Mrs. Griffin dem Jungen eine Goldplakette, auf der das Rathaus von Stanton abgebildet war.

Die Bürgermeisterin trug ihre Amtskette, sie hatte gerade zum zweitenmal den Amtseid abgelegt. Hinter Tom standen seine Eltern sowie Rick und Mona. Jetzt sollte Tom ein paar Worte ins Mikrofon sagen...

Er konnte sich nicht von der Stelle rühren! Lampenfieber war eine von Toms größten Schwächen; vor vielen Leuten reden zu müssen, war ihm ein Greuel.

Seltsamerweise fiel genau in dem Augenblick, als ihm die Bürgermeisterin das Mikrofon reichte, mit einemmal die gesamte Lautsprecheranlage aus.

Tom seufzte erleichtert auf und winkte Mona und Rick heran, damit sie sich mit ihm zusammen fotografieren ließen.

Als Rick neben ihm stand, ließ dieser ihm ein winziges Fernbedienungsgerät in die Tasche gleiten. Mit diesem Apparat hatte er die Lautsprecheranlage abgeschaltet! Deshalb war es Tom also erspart geblieben, seine Rede zu halten.

Wichtige Begriffe aus der Computerwelt von heute und morgen

Akustikkoppler

Ein richtiger Hacker will mit seinem Computer auch Verbindung zu anderen Computern herstellen, die nicht einfach unmittelbar nebeneinandergestellt per Kabel miteinander gekoppelt sind. Über Telefonleitungen können Computer miteinander „telefonieren“, die meilenweit voneinander entfernt sind. Dazu benötigt man ein Anschlußgerät, entweder den Akustikkoppler oder ein MODEM. Der Akustikkoppler ist ein Gerät, in das die Muscheln eines Telefonhörers geklemmt werden und mit dessen Hilfe Computer miteinander „telefonieren“ können. Die in digitalen Impulsen gespeicherten Daten, die von einem Computer zum anderen übertragen werden sollen, werden in übertragungsfähige hörbare Signale (Töne) umgewandelt. An der Empfangsstelle der Daten werden die Schallwellen von einem anderen Akustikkoppler wieder in elektronische Impulse übertragen. Modems müssen in der Bundesrepublik von der Post genehmigt sein.
Eine ähnliche Arbeitsweise hat das MODEM. Der Begriff steht für Modulator/Demodulator. Es werden auch hier elektronisch gespeicherte Daten in übertragungsfähige Impulse umgewandelt, allerdings direkt und nicht auf dem Umweg über die Schallwellen des Telefonhörers.

Auswahlmakse

Als Maske wird eine Bildschirmdarstellung bezeichnet, die ähnlich wie ein Formular aufgebaut ist. Die Eingaben sind genau vorgegeben und die jeweiligen Felder farblich abgehoben. Ist die Eingabe erfolgt, springt der Cursor an den Beginn des nächsten Eingabefeldes.
Mit einer Auswahlmaske können durch verschiedene Eingaben unterschiedliche Programmteile aufgerufen werden. Deshalb erscheinen Auswahlmasken oft am Anfang von Programmen.

Benutzercode

siehe auch Code, Log-on
Ein Code,mit dem sich der Benutzer für den Computer zu erkennen gibt. Nach Eingabe des Codes überprüft der Computer anhand vorgegebener Daten, ob der angemeldete Benutzer zugangsberechtigt ist.

Betriebssystem

siehe Software

Byte

Eine Achtergruppe von „Einsern“ oder „Nullen“, also 8 Bits. Ein Byte ist die gebräuchlichste Einheit, die meist gleichzeitig von Computern verarbeitet wird. Acht Bits, also ein Byte, genügen, um ein numerisches oder alphanumerisches Zeichen eindeutig darzustellen. Damit läßt sich dann ausrechnen, wieviel Text in einen Computer mit definiertem Speichervolumen paßt.

Code

Ein System, mit dem man Informationen verschlüsselt. In der Computerei kann das eine Programmiersprache sein, etwa ein binär verschlüsselter Maschinencode oder auch ein symbolischer Code, der aus Befehlskürzeln besteht, die man sich verhältnismäßig einfach merken kann.

Cursor

Ein sichtbarer „Zeiger“ auf dem Bildschirm, der angibt, an welcher Stelle des Bildschirms Eingaben gemacht werden können. Dieser

Zeiger kann die Form eines Rechtecks haben oder die einer eckigen oder spitzen Klammer, oft auch einer Linie, die unter der Stelle steht, an der ein Zeichen auf den Bildschirm geschrieben werden soll. Meist ist diese „Schreibstelle" daran zu erkennen, daß sie immerzu blinkt. Der Cursor kann mit Steuer- oder Pfeiltasten an eine beliebige Stelle des Bildschirms gesetzt werden. An der Stelle des Bildschirms, an die der Cursor gesetzt wird, erfolgt die Eingabe.

Datei

Dieses Wort ist aus „Daten" und „Kartei" entstanden. Gemeint ist damit eine Sammlung zusammengehörender Daten. Diese Daten können fest im Computer gespeichert vorliegen, also → resident sein (im ROM), oder auf Diskette, Band, Magnetplatte oder Laserdiskette gespeichert sein. Dort kann man sie verändern oder löschen. Die Daten werden innerhalb einer Datei nach der jeweils zweckmäßigsten Form geordnet, so daß man sie entsprechend dem Verarbeitungszweck möglichst wirkungsvoll abrufen, miteinander verbinden und verarbeiten kann. Hierzu müssen alle Daten auf einem der genannten Speicher vorliegen und unter einem Dateinamen aufgerufen werden können. So läßt sich beispielsweise eine Datei mit den Geburtstagen aller Freunde, mit Kochrezepten oder Telefonnummern anlegen, die auf einer Floppy abgespeichert ist.

Dateiübersicht

siehe auch Datei. Eine Zusammenstellung aller auf einem Speichermedium enthaltenen Dateien.

Datensichtstation

siehe Terminal

Datenübertragung

Jede Art von Übertragung elektronisch gespeicherter Daten. Die Daten können etwa zu einem Terminal in einer anderen Stadt übertragen werden. Dazu bedient man sich der Datenleitungen von der Post. Werden die Daten nur innerhalb der Rechenanlage übertragen, dann benötigt man verschiedene Kanäle.

Dialog

die übliche Art, mit einem Computer in Kontakt zu treten. Der Benutzer kann jederzeit mit Befehlen in das Computergeschehen eingreifen, etwa wenn er sieht, daß eine Berechnung falsch abläuft. Der Dialogbetrieb ermöglicht dem Benutzer auch das schnelle Abfragen von Daten.
Als dialogorientierte Programmiersprache ist BASIC im Bereich der Personalcomputer weit verbreitet. Sie zeichnet sich durch leichte Erlernbarkeit aus, weil die Befehle an die englische Sprache angelehnt sind.

Diskette

Wegen ihrer Biegsamkeit auch Floppy genannte runde Kunststoffscheibe, die fest in einer Hülle untergebracht ist. Auf der magnetisierbaren Schicht dieser Scheibe kann man Daten speichern und gespeicherte Daten abrufen. Hierzu muß sie in ein Laufwerk geschoben werden (siehe auch *Festplatte*).

Festplatte

Magnetisierbare Platte zum Speichern von Daten und Programmen. Sie ist im Gegensatz zur Floppy (Diskette) nicht aus dünnem, biegsamem Kunststoff, sondern aus Aluminium und fest in ein

Laufwerk eingebaut. Man kann sie daher auch nicht auswechseln wie eine Floppy. Dafür hat sie sehr viel mehr Speicherplatz, nämlich über 75 Megabyte (5¼ Zoll), was ungefähr 22000 vollen Schreibmaschinenseiten entspricht. Hingegen besitzt derzeit eine 8-Zoll-Floppy nur etwa 1,2 Megabyte Speicherkapazität. Auf der Festplatte kann man auch schneller abspeichern und rascher Daten abrufen als auf der Diskette.

Floppy-Disk

siehe Diskette

Hardware

Darunter versteht man die technische Seite der Datenverarbeitung, also den Computer und seine anschließbaren Geräte, wie etwa → Monitor, → Terminal, → Modem, → Diskettenlaufwerke usw.; die Software aber erst bringt die Hardware zum „Laufen".

Illegaler Zugriff

Schaffen sich *nicht berechtigte Benutzer*, z. B. Hacker, Zutritt zu Datenbanken oder auch zu Rechnerverbundsystemen, so spricht man von illegalem Zugriff. Aufgabe der Softwarehersteller ist es deshalb, die Programme vor diesen Zugriffen zu schützen.

Log-on

Log-on ist die englische Bezeichnung für Benutzeranmeldung. Es ist ein Code, mit dem sich jeder Benutzer, der am Computer arbeiten möchte, zu erkennen geben muß. Anhand dieser Benutzeranmeldung wird im Computer geprüft, ob der Benutzer überhaupt berechtigt ist, am Computer zu arbeiten. Häufige Anwendung finden diese Anmeldungen bei großen Rechenanlagen, an denen viele Benutzer tätig sind.

Magnetspeicher

Jede Art der Datenspeicherung, bei der die Daten auf einem magnetisierbaren Träger festgehalten werden. Dazu gehören Diskette, Festplatte, Magnetband (und früher auch noch die Magnettrommel).

Magnettrommelspeicher

Älterer, aber schneller Magnetspeicher mit direktem Zugriff. Eine walzenförmige Trommel wird mit einem Schreib-Lese-Kopf magnetisiert und damit die Daten gespeichert. Durch die hohe Rotationsgeschwindigkeit lassen sich schnelle Zugriffszeiten erreichen. Aus mechanischen Gründen ist die Magnettrommel nicht auswechselbar.
Heute verwendet man anstatt der Magnettrommel → Festplatten.

Matrixdrucker

Dieser mit hoher Geschwindigkeit arbeitende Computerdrucker setzt die Zeichen aus einzelnen Punkten zusammen. Der Ausdruck **Matrix** bedeutet hier ein rechteckiges Schema aus Zeilen und Spalten. Daraus werden die zu druckenden Symbole zusammengestellt. Der Vorteil dieser Drucker ist, daß verschiedene Schriftarten durch eine unterschiedliche Steuerung dargestellt werden können.

Der **Typenraddrucker** erzeugt durch einzelne Anschlagzeichen ein wesentlich schöneres Schriftbild. Die Typenarme sind sternförmig um ein kreisförmiges Zentrum angeordnet, so daß der Eindruck eines Rades mit vielen Speichen entsteht.

Beim **Tintenstrahldrucker** werden die Zeichen mittels einer feinen Düse auf das Papier gesprüht.

Thermodrucker sind Matrixdrucker, bei denen wie mit einem Brenneisen die Zeichen auf ein Spezialpapier gebrannt werden.

Laserdrucker sind wegen ihrer Schnelligkeit und großen Genauigkeit die Drucker der Zukunft. Ein Laserstrahl beschreibt das mit einem Farbpulver bestreute Papier; durch die entstehende Hitze bleibt auf den „beschriebenen" Stellen das Pulver am Papier haften.

Menü

Das „Menü" ist sozusagen die Speisekarte des Computers, nämlich eine Aufstellung sämtlicher Programme, mit der wir auswählen können, welche von diesen Programmen und Programmfunktionen wir gerade benützen wollen. Die in einem solchen Menü angebotenen Programme nennt man auch Menü-Optionen. Innerhalb eines ausgewählten Programmes kann man anhand von Untermenüs wiederum entscheiden, mit welchen Programmteilen gearbeitet werden soll.

Mikroprozessor

In ihm sind die Schaltkreise des Rechenwerks und des Steuerwerks auf einem Chip zusammengefaßt. Dieser Chip hat bestimmte einprogrammierte Fähigkeiten.

Mikrospeicher

Elektronische oder elektromagnetische Datenspeicher bezeichnet man wegen ihrer hohen Speicherdichte als Mikrospeicher. Zu den elektronischen Speichern gehören Festspeicher und flüchtige Speicher. Zu den elektromagnetischen Speichern gehören Magnetbänder, Disketten, Wechselplatten und Festplatten. Der Hauptspeicher in der Zentraleinheit (RAM) ist ein flüchtiger elektronischer Speicher und verliert die gespeicherten Daten, sobald der Strom abgestellt wird. Im Gegensatz dazu bleiben etwa auf einem Magnetband die Daten so lange erhalten, bis sie von anderen Daten überschrieben werden. Ebenso ist es mit dem elektronischen Festspeicher (ROM), nur daß die Daten immer erhalten bleiben und nicht durch neue überschrieben werden können.

Modem

siehe Akustikkoppler

Monitor

Computerbildschirm in einem eigenen Gehäuse. Auf einem solchen Datensichtgerät wird angezeigt, was wir in den Computer eingeben. Auf dem Monitor kann man sich vom Computer gespeicherte Daten anzeigen lassen, oder das, was er ausgerechnet hat. Auch ein Fernseher kann als Monitor dienen, hat aber nie eine so gute Bildqualität wie ein spezieller Computer-Monitor.

Print-Knopf

Eine spezielle Funktionstaste auf der Tastatur, mit der der Bildschirminhalt auf dem Drucker zu Papier gebracht werden kann.

Software

Damit ist die Gesamtheit aller Programme gemeint, die auf einer EDV-Anlage laufen. Es zählen dazu alle Programme des Betriebssystems, alle Dienstprogramme sowie alle Anwenderprogramme.

Ohne Software funktioniert kein Computer. Die Software erweckt den Computer erst zum Leben. Als Beispiel für Software (Anwenderprogramme) kann ein Spiel oder ein Lernprogramm angesehen werden. Betriebssysteme gehören zur sogenannten Systemsoftware. Der Computer benötigt sie, um Dienstprogramme, Anwenderprogramme oder Spielprogramme laufen zu lassen.

Systemzusammenbruch

erfolgt durch einen Fehler in der Rechenanlage. Dieser Fehler kann von der Software verursacht werden oder von der Hardware. Folge dieses Fehlers ist, daß das → Betriebssystem neu geladen werden muß, bevor weitergearbeitet werden kann. Ein Hardwarefehler kann etwa durch eine Stromschwankung verursacht werden, ein Softwarefehler durch eine endlose Schleife in einem Programm.

Terminal

Das Terminal ist ein Bildschirm mit Tastatur, der an einen Zentralrechner angeschlossen ist. Es handelt sich also nicht um einen selbständigen Computer, sondern nur um eine Datenendstation eines Zentralrechners. Die Daten werden an diesen Zentralrechner weitergeleitet und dort verarbeitet. Genauso werden die Daten vom Speicher des Zentralrechners abgerufen und erscheinen auf dem Bildschirm des Terminals. Häufig sind Terminals dort anzutreffen, wo schnell aktuelle Daten benötigt werden, wie zum Beispiel auf Flughäfen zum Abfragen von freien Tickets.

Transaktionscode

siehe auch Code.
Mit diesem Verschlüsselungssystem werden im Computer Daten

übertragen. Der Transaktionscode wird zum Transport von Daten zwischen unterschiedlichen Datenträgern eingesetzt, z. B. zwischen Festplatte und Diskette.

Zwischenspeicher

Auf Zwischenspeicher werden Daten ausgelagert, die momentan nicht unmittelbar für die Verarbeitung zur Verfügung stehen müssen. Als Zwischenspeicher kann eine Magnetplatte, eine Diskette oder auch ein Teil des Hauptspeichers dienen. Damit erreicht man, daß der Computer schneller arbeiten kann, weil alle nicht benötigten Daten ausgelagert sind. Sobald die Daten zur weiteren Verarbeitung erforderlich sind, müssen sie wieder eingelesen werden.

CIP-Kurztitelaufnahme der Deutschen Bibliothek

Jordan, G. P.:
Computer-Krimi TRM / G. P. Jordan. – München;
Wien; Zürich: F. Schneider
Einheitssacht.: The Microkidz Mystery Adventures
‹dt.›

Bd. 3. Daten-Piraten / [Übers.: Claudia Weiss].
– 1985.
Orig.-Ausg. u.d.T.: Jordan, G. P.: The Case of
the Data Snatchers
ISBN 3-505-09109-X

Schneider-Buch

8000 München 46, Frankfurter Ring 150, Wien-Zürich
Umschlaggestaltung: Design Team München, unter Verwendung einer
Illustration von Young Su Niedermeier
Übersetzung: Claudia Weiß
Lektorat/Redaktion: Thomas de Lates
ISBN: 350509109-X
Bestell-Nr.: 9109
Originaltitel: THE MICROKIDZ MYSTERY ADVENTURES:
THE CASE OF THE DATA SNATCHERS
Erschienen bei: General Publishing Company Ltd., Ontario